Vie de sable

Collection dirigée par Claude Gutman

Couverture : Jeffrey Fisher

© Éditions du Seuil, 1998
ISBN : 2-02-032359-1
N° 32359-1
Dépôt légal : septembre 1998

Le Code de la propriété intellectuelle interdit les copies ou reproductions destinées à une utilisation collective. Toute représentation ou reproduction intégrale ou partielle faite par quelque procédé que ce soit, sans le consentement de l'auteur ou de ses ayants cause, est illicite et constitue une contrefaçon sanctionnée par les articles L. 335-2 et suivants du Code de la propriété intellectuelle.

843.	Mingarelli, Hubert (1956-....).
914	Vie de sable / Hubert Mingarelli
MIN	– Paris : Seuil, 1998. – 96 p. : couv. ill. en coul. ; 20 cm.
	Mines (explosifs militaires). Pêche aux appats. Choix (psychologie).
	Peur. Imagination.

Hubert Mingarelli

Vie de sable

Seuil

1

Il y avait eu du vent cette nuit-là, il avait déjà soufflé sur des centaines de kilomètres avant de s'engouffrer dans cette vallée et de soulever le sable tout le long de la rivière.

Il s'appelait Emilio et venait de découvrir la mine antipersonnelle qui affleurait sur la berge.

Ce qui l'inquiétait surtout, c'était le soleil. Il n'arrivait pas à se représenter l'effet de la chaleur du soleil sur le bout de métal. Et il y en aurait un, sans aucun doute, se disait-il. Peut-être infime et il ne le verrait pas. Peut-être beaucoup plus. Et alors si le rectangle de métal se déformait suffisamment pour appuyer sur le détonateur, la mine exploserait.

Il regarda vers les crêtes.

Le soleil apparaîtrait dans un quart d'heure, tout au plus. Pour le moment, le ciel était bleu foncé.

Il regarda plus près de lui.

Derrière le lit de la rivière, il vit des arbres morts pris dans des buissons. Il irait s'allonger là-bas juste avant que le soleil se lève. Il y attendrait l'effet de la chaleur sur le métal, puis reviendrait ici.

Il s'accroupit et chercha pourquoi la mine s'était mise à affleurer à la surface de la berge. De toute évidence, ça s'était passé pendant la nuit. Pas plus tard qu'hier, il avait marché ici pour revenir de la pêche, et il n'avait rien vu.

Il se pencha. La mine affleurait et, contre l'un des bords, le sable avait pris la forme d'une congère haute d'une dizaine de centimètres.

Il releva la tête.

Ce que le vent faisait avec la neige, songea-t-il, il le pouvait tout aussi bien avec du sable.

Il se souvint alors qu'il s'était réveillé cette nuit. Il avait pensé que si le vent continuait jusqu'au matin, le bras mort où il allait pêcher resterait vaseux une partie de la journée, et que les poissons-chats resteraient cachés sous les pierres. Et peut-être soufflerait-il pendant des jours et des jours, de sorte que les poissons-chats quitteraient le bras mort qu'ils trouvaient trop vaseux à présent. Il avait eu du mal à se rendormir.

Toujours est-il que le vent avait soufflé toute la nuit le long de la rivière. Il avait soulevé le sable, formé cette congère, et voilà pourquoi la mine apparaissait ce matin.

Il se releva et alla s'asseoir sur sa boîte de pêche.

Il tournait le dos à la mine.

Il regarda attentivement le ciel. Le bleu foncé perdait peu à peu de son intensité. Puis il devint bleu clair. Et quand il devint blanc contre les crêtes, Emilio se leva, prit sa boîte de pêche dans une main et s'approcha de la rivière.

L'eau était limpide. Il voyait les galets au fond. Il regarda en amont et en aval. La profondeur semblait la même partout.

Alors autant traverser ici, pensa-t-il.

Il prit la boîte de pêche dans ses bras et entra dans l'eau.

Il n'y avait pas beaucoup de courant. L'eau ne

dépassait pas ses genoux. Arrivé au milieu de la rivière, il se retourna pour apercevoir la mine. Mais elle était trop loin à présent. Il termina de franchir la rivière et marcha jusqu'au bois mort. Il posa sa boîte de pêche et s'allongea à côté d'elle.

Les buissons et les bois lui masquaient en partie la rivière. Il se tordit le cou pour regarder les crêtes.

Le ciel était blanc maintenant.

Encore quelques minutes et le soleil serait là. Il posa sa joue contre le sable et ramena sa boîte juste devant lui. Elle touchait sa tête, et il comptait sur elle comme protection supplémentaire, en plus des bois et des buissons morts.

Il ferma les yeux et essaya de se représenter les affiches des mines antipersonnelles. Mais on les avait enlevées depuis un an ou deux, et ça lui était difficile de s'en souvenir avec précision.

Il essaya de se représenter celle qui se trouvait à l'entrée de l'école, sur le mur qui tenait le portail. C'est celle qu'il avait vue le plus souvent. Il revoyait assez bien la forme de la mine et, en dessous, l'avertissement en grosses lettres noires. Mais les détails, comme par exemple l'effet de la chaleur sur le métal, il ne s'en souvenait pas. Alors pendant un moment il se dit qu'il s'agissait probablement d'une invention de sa part, et qu'il n'existait qu'un réel danger, simplement celui de poser le pied dessus.

Puis il se dit que si rien n'était dit sur les affiches à propos de l'effet de la chaleur sur les mines, ce pouvait être aussi que personne ne l'avait encore expérimenté, cet effet. Par manque de curiosité, ou simplement par oubli. Valait mieux rester à l'abri dans ces conditions, et ne pas payer pour ceux qui avaient oublié une chose aussi évidente.

Il garda les yeux fermés et avança encore un peu

la tête pour bien sentir le bois de sa boîte de pêche contre lui. Il essaya d'écouter ses vers remuer dans la boîte. Mais il n'entendit rien. Il se les imagina recroquevillés les uns dans les autres, se tenant tranquilles.

Il n'entendait pas les vers, mais il sentait son repas, l'odeur de sa tranche de lard fumé à travers les parois de sa boîte. Elle lui donnait faim. Il pensa à tout ce bois mort devant lui et le vit s'enflammer, et il vit la tranche de lard posée ensuite dessus, sur les braises. Puis il vit sa main la retourner. Et enfin se lécher les doigts pendant que la tranche de lard finissait de cuire.

Il n'y avait pas autant de bois près du bras mort, là où il pêchait. Chaque fois il passait beaucoup de temps à en chercher. Il en trouvait si peu qu'il parvenait rarement à obtenir suffisamment de braise. Ce qui l'obligeait à cuire son lard directement sur la flamme, et c'est moins bon.

Il se demanda combien de poissons-chats il ramènerait, aujourd'hui. A cause du vent de cette nuit, il ne fallait pas compter sur plus d'un ou deux. Peut-être même qu'il n'en ramènerait pas du tout.

2

Il pensait aux poissons-chats quand le soleil se leva derrière les crêtes. Il y pensa encore longtemps après.

Il aimait beaucoup les poissons-chats.

Quand enfin il sentit la chaleur du soleil sur sa nuque, il était en train de se dire qu'un seul lui conviendrait. Il serait content déjà. Une femelle, par exemple. Une jolie femelle qu'il baptiserait à haute voix comme telle, sitôt tirée de l'eau.

C'était comme ça qu'il faisait tout le temps.

Et pas sur de mystérieux critères, mais sur le sentiment profond qu'une fois qu'il avait dit tout haut « mâle » ou « femelle », le poisson était à la seconde même, bel et bien comme il l'avait dit : mâle ou femelle.

Dans le bassin qu'il avait construit derrière la maison, les femelles étaient les plus nombreuses. Il avait un faible pour les femelles. Il en baptisait davantage que de mâles, sans s'en rendre compte.

Au début, quand il avait commencé à pêcher, il ne s'était pas préoccupé du sexe des poissons qu'il attrapait. Il avait onze ans à cette époque, il en avait treize aujourd'hui. Au début, il rejetait ses prises. Alors quelle importance, le sexe ! Mais dès le moment où il se mit à tellement aimer les poissons-chats qu'il leur construisit un bassin, à partir de ce moment-là seulement, il s'intéressa à leur sexe. Le premier qu'il prit dans la main, il le retourna sur le dos en s'attendant à voir soit un trou, soit quelque chose dépasser du ventre, et qui aurait pu ressembler un tant soit peu à un sexe de poisson-chat. Mais rien. Ni trou ni rien. Ni mâle ni femelle. Il examina le second qu'il sortit de l'eau. Rien non plus. Il examina tous ceux qu'il pêcha par la suite, mais ne découvrit jamais rien.

C'est ainsi qu'à présent il leur attribuait un sexe sitôt qu'il les sortait de l'eau.

Sa mère détestait les poissons-chats. Elle les trouvait si laids qu'elle les détestait. S'il voulait creuser son bassin derrière la maison, qu'il le creuse, mon Dieu. Mais pour l'amour du ciel qu'on arrête maintenant de lui en parler. Et qu'il ne repasse jamais plus par la maison avec ses poissons. Et son bassin, qu'il le fasse en dehors du passage pour se rendre au cabanon, sinon elle n'irait plus.

Il espérait une jolie femelle pour aujourd'hui quand il sentit la chaleur du soleil sur sa nuque. Il enfonça sa joue dans le sable, se couvrit la tête avec ses mains et ferma les yeux. La jolie femelle lui glissa entre les doigts et disparut dans l'eau boueuse du bras mort.

Il attendit l'explosion.

Le soleil chauffait le dessus de ses mains, et il pensa que le rectangle de métal devait être plein de chaleur lui aussi. Au bout de quelques minutes, il ouvrit les yeux.

Il repensa à la femelle d'aujourd'hui, et il imagina sa main droite cherchant à la récupérer dans l'eau boueuse. Mais soudain il dit tout haut :

– Oublie cette femelle pour le moment !

Il resta encore un instant la joue dans le sable.

Puis il redressa la tête et la pencha sur le côté, afin de voir derrière sa boîte de pêche. Mais il était trop près du sol pour voir quoi que ce soit. Il ne voyait même pas la rivière.

Il la vit lorsqu'il se dressa à genoux, et il vit la mince bande jaune de la berge, de l'autre côté de la rivière.

Il posa ses mains sur sa boîte et chercha à se rappeler à présent où était la mine. Il se dit qu'elle était à peu près en face de lui, sans doute dans son axe de vision. Finalement il se releva, s'assit sur sa boîte et laissa passer encore plusieurs minutes.

Il regardait droit devant lui.

Assis sur sa boîte de pêche, le soleil frappait son dos. Il y avait la berge où il était, la rivière et, derrière elle, l'autre berge. Au-delà encore, une pente argileuse. Après il ne voyait plus. A côté de lui, il y avait les buissons et les bois morts. Il fixait l'endroit où il supposait que se trouvait la mine. De toute évidence, la chaleur n'avait pas d'effet sur elle. Pourtant les rayons frappaient fort. Il les sentait dans son dos. Il se gratta sous les bras et dit tout haut :

— Mais alors pourquoi je reste là ? J'avais prévu de retourner la voir.

Il haussa les épaules et regarda le sable entre ses chaussures.

— Ce que je sais ! dit-il.

Il passa la main sur la peinture verte de sa boîte de pêche. Il l'avait repeinte le mois passé. Ça glissait sous ses doigts. Il avait poncé l'ancienne peinture, appliqué une première couche, reponcé légèrement, et enfin la seconde couche de finition. Il aurait aimé peindre les deux charnières en noir. Mais il ne possédait qu'un pot de peinture verte.

— Mais je devrais aller chercher ma jolie femelle

au lieu de rester là sans rien faire, dit-il. J'enfilerai un petit hameçon. Elle sentira rien. Ce soir, elle aura tout oublié. Elle nagera tranquillement dans le bassin avec les autres.

Il regarda de nouveau en direction de la mine et réfléchit.

— Bon, je vais me lever et aller pêcher au lieu de rester là, dit-il. Je me fiche de la mine.

Cependant il resta assis sur sa boîte.

— Je crois que ce matin je ne suis pas en forme, dit-il. C'est le vent qui m'a réveillé et j'ai eu du mal à me rendormir. Ou bien alors je m'intéresse trop à la mine et je sais plus quoi décider.

3

C'était la seconde fois qu'il voyait une mine de toute sa vie. Mises à part celles représentées sur les affiches. Car celles-ci ne comptaient pas.

Il se rappela la première fois. Cela remontait à plusieurs années. Il était assis derrière la maison et fabriquait quelque chose. Il essaya de se souvenir quoi, sans y parvenir. Il se dit que ça n'avait pas d'importance.

Il fabriquait, et son père passa devant lui, portant un objet à bout de bras. Il fallait que ce soit très lourd pour que le visage de son père fût si douloureux.

Son père lui dit après l'avoir dépassé :
– Ne reste pas là !
Puis il se dirigea vers le cabanon en planches.

Emilio le regarda s'éloigner et entrer dans le cabanon. Ensuite il prit dans la main ce qu'il fabriquait et se leva. Son père ressortit du cabanon les mains vides et resta un instant sur le seuil à regarder le ciel. Il ne portait plus rien, mais son visage demeurait douloureux.

Il aperçut Emilio et lui dit :
– Viens ici !
Emilio posa par terre ce qu'il fabriquait et marcha jusqu'au cabanon. Il avait cinq ou six ans et, à cette

époque encore, son père lui paraissait très grand. Sa tête touchait presque l'encadrement de la porte. Il avait toujours ce visage douloureux, cependant il souriait.

— Écoute, mon garçon, lui dit-il, ces gars du déminage ne valent pas un clou !

Emilio regardait son père. Mais à cet instant il éprouva tellement de peine pour les démineurs qu'il baissa les yeux.

Une minute avant, alors qu'il fabriquait cet objet dont il ne se souvenait pas, alors qu'il s'approchait du cabanon, et jusqu'à ce que son père ouvre la bouche, il admirait encore les démineurs de toutes ses forces.

Il s'asseyait devant la maison lorsqu'il les entendait descendre la rue. Il baissait les yeux lorsqu'ils arrivaient devant lui. Puis il les regardait s'éloigner en portant des caisses et en discutant. Dans la journée, il entendait les explosions assourdies par la distance.

Tout de suite après son père, les démineurs étaient ce que le monde possédait de plus urgent et fondamental.

Voilà pourquoi il éprouva cette peine et que la moitié du monde devint obscure une fois que son père eut ouvert la bouche et dit qu'ils ne valaient pas un clou.

Son père regardait de nouveau le ciel devant le cabanon en planches, et la moitié du monde achevait de se noircir dans l'esprit d'Emilio.

Puis son père dit :

— Tu aurais dû voir comme je l'ai eue, cette saloperie !

Il regarda Emilio.

— Le mal que j'ai eu, tu sais.

Emilio demeura silencieux.

— Tu ne le sais pas, évidemment. J'aurais aimé que tu me voies, mon garçon.

Si les démineurs avaient valu quelque chose aux yeux de son père, Emilio aurait aimé lui aussi le voir déterrer la mine. Mais à présent, il n'en était plus très sûr.

Son père regarda ses mains avec un air stupéfait. Elles étaient sales de terre.

— Oublions ça, dit-il, je l'ai eue, un point c'est tout, elle est là à présent.

Il restait là sans bouger sur le seuil du cabanon. Il frottait ses mains pour en faire tomber la terre. Le soleil frappait les planches. Les écailles du vernis brillaient et la vitre de la fenêtre était toute blanche.

— Tu veux la voir ? demanda-t-il à Emilio sans le regarder, se frottant toujours les mains.

Il y avait de la fierté dans sa voix.

— Oui, répondit Emilio.

Et il se dit qu'ils allaient rentrer dans le cabanon maintenant. Cependant son père continua à se frotter les mains. La terre était sèche et retombait en poussière devant lui. Il observait Emilio en souriant. Quand il commença de retirer la terre de sous ses ongles, il demanda :

— Tu n'en as jamais vu, n'est-ce pas ?

D'abord Emilio voulu dire que si, mais comme il s'agissait de celle représentée sur l'affiche, il réfléchit un instant, et comprenant que ça ne comptait pas, il dit :

— Non.

— Tant mieux, dit son père. Ces saloperies n'ont rien qui puissent intéresser un gamin de ton âge.

Il en avait fini avec ses ongles. Néanmoins il restait sur le seuil du cabanon. Il était tout droit dans l'encadrement de la porte.

— Mais moi, dit-il, j'aime bien comprendre les choses. Parce que j'aurais pu aussi bien lui balancer une pierre de loin. Elle aurait sauté. Et qu'est-ce que je saurais de plus à présent ? Rien du tout, mon garçon.

Emilio voulut l'interroger à propos de la pierre. Il trouvait ça intéressant que son père puisse lancer des pierres, alors que sa mère le refusait pour lui-même. Mais à cet instant son père fit un pas de côté de sorte qu'Emilio ne pensa plus à l'interroger. Il resta sans bouger devant l'encadrement de la porte, regardant l'intérieur du cabanon.

— Vas-y ! lui dit son père, entre ! Mais ne t'approche pas de la table ! Contente-toi de regarder ! Je te fais confiance, fiston.

Emilio fit un pas en avant, un second, et se retrouva à la hauteur de son père. Celui-ci avait posé un pied contre le mur en planches du cabanon et regardait vers la maison en contrebas.

— Qu'est-ce que tu attends ? demanda-t-il.

Emilio avait cinq ou six ans et, à cette époque, le silence constituait encore pour lui la plus grande part de ses réponses. Aussi lorsque son père lui demanda ce qu'il attendait, il ne dit rien.

Un oiseau se posa sur le toit du cabanon et Emilio l'entendit s'envoler.

Son père changea de pied contre le mur de planches.

— Entre, fiston !

Emilio fit deux pas à l'intérieur du cabanon. Il regarda d'abord les étagères couvertes de boîtes de conserve. D'anciennes boîtes de lait en poudre que sa mère avait gardées. Elles servaient à son père pour ranger sa ferraille. Toutes sortes de vis et de boulons qu'il ramenait du garage où il travaillait.

Ensuite il regarda la table couverte d'une toile cirée jaune. La mine était posée au centre sur une page de papier journal. Il faisait sombre dans le cabanon malgré le tunnel de lumière qui entrait par la fenêtre.

— Alors, qu'est-ce que tu en dis ? lui demanda son père.

Des insectes passaient dans le tunnel et disparaissaient. Trois chaises étaient rangées dans un angle. Ils venaient manger ici quelquefois le dimanche, car son père ne possédait pas de voiture pour aller manger plus loin que le cabanon. Il disait qu'ils étaient aussi bien là qu'ailleurs pour se changer les idées. Mais c'était toute une histoire pour amener les plats depuis la maison. Sa mère se plaignait que cela refroidissait pendant les trajets. En mangeant, son père disait que ça allait, que c'était encore chaud. Mais il promettait d'installer une cuisinière ici même un de ces jours. Il construirait aussi un four à pain devant le cabanon. Sa mère le regardait avec amertume. Elle lui demandait de retirer les boîtes de lait vides sur les étagères, parce que ce n'était pas beau. Son père haussait les épaules. Ils regagnaient la maison sitôt le dessert terminé, et Emilio était content d'avoir mangé dans le cabanon. Il ne comprenait pas pourquoi sa mère n'aimait pas les boîtes sur les étagères.

Dans les jours qui suivaient, il rêvait au four à pain que son père allait construire. Il voyait le bois flamber, les braises éclater, et son père couper du bois pour alimenter le feu. Mais il ne voyait jamais le pain ressortir du four, parce que ça ne l'intéressait pas. Le pain lui était indifférent, parce qu'on en trouvait partout.

La lumière de la fenêtre passait par un angle de la table, si bien qu'un triangle de la nappe était d'un jaune éclatant. La mine était posée dans l'ombre, au milieu de la table. Emilio la regardait sans bouger. Il respirait lentement, il avait la bouche d'un poisson mort.

– Alors ? demanda son père dehors. Alors qu'est-ce que tu en dis ?

Il donna quelques coups de paume aux planches du cabanon.

– M'a fallu pas mal de patience, crois-moi ! Cette merde ne voulait pas venir. Je me suis même dit un moment qu'elle possédait des racines.

Il redoubla ses coups de paume sur les planches et rit tout doucement.

– Non mais, comme si elle pouvait avoir des racines ! Quelles idées on a ! Des racines ! Et aussi je me suis dit qu'elle était spéciale, celle-ci, que c'était impossible de l'avoir. Mais ça aussi, c'était des idées.

Il y eut un silence.

– J'ai pas regardé l'heure, mais je crois que ça m'en a pris une entière. C'est long, une heure.

Son père ricana.

– Que les démineurs aillent se faire foutre avec tout leur matériel. Pardon, fiston, mais c'est ce que je crois. Tout leur fourbi qu'ils trimbalent dans leurs caisses, tu parles !

De nouveau un silence, et puis :

– Joli travail, non ? Ça me plaît que tu commences à comprendre les choses. Tu regardes et je t'explique tranquillement.

Emilio fit un tour complet sur lui-même et vit alors l'herbe et le ciel par la porte. Il ne voyait pas la maison, elle était trop à droite. Il ne voyait pas non plus son père, mais il savait qu'il était juste là. Qu'il était adossé au cabanon et qu'il regardait le ciel ou la maison en lui parlant et en lui posant toutes ces questions. Il avait un pied contre les planches et devait regarder tout simplement devant lui.

Emilio tournait le dos à la mine à présent.

Le tunnel de lumière était passé à sa droite. Les insectes continuaient à le traverser sans bruit et à disparaître.

Mon Dieu pourquoi sa mère ne venait pas de la maison et l'appelait, lui donnant ainsi une raison de partir en courant ? Qu'est-ce qu'elle faisait au lieu de sortir de la maison et venir vers le cabanon ? Dans les jours qui suivirent, il regarda sa mère avec tellement d'insistance qu'elle lui demanda plus d'une fois d'arrêter.

— Je te comprends, garçon, dit son père, il n'y a rien à dire dans ces moments-là.

Emilio fit un pas vers la porte.

— Pas un mot à ta mère, hein ! C'est entre nous, n'est-ce pas ?

Emilio s'arrêta.

— Pas la peine d'ennuyer ta mère avec ça.

Emilio ne trouvait rien à dire.

— Bon sang ! Qu'est-ce que tu fiches à pas me répondre maintenant ?

Il y eut un silence, et puis son père se rua à l'intérieur du cabanon en criant :

— Tu serais pas en train de tripoter cet engin ?

Emilio était sur son chemin. Son père le renversa, perdit son équilibre, et ils tombèrent tous les deux sur le plancher du cabanon.

Emilio se mit à pleurer aussitôt et son père se releva. Pendant un instant, il contempla la mine d'un air effaré. Puis il dit à Emilio sans quitter la mine des yeux :

— Tu la tripotais, hein ?

Sa voix était douloureuse. Emilio se redressa et fit non avec la tête.

— Je suis sûr que tu la tripotais ! continua son père sans le regarder.

Il n'arrivait pas à détacher ses yeux de l'engin.

— Non, dit Emilio.

Son père avança une main vers la mine et il secoua la tête. Son front s'était plissé et il ressemblait à un vieil homme. Sa main tremblait et il sembla à Emilio qu'elle était ridée comme son front.

— Seigneur ! dit-il à voix basse.

Il branla la tête à plusieurs reprises.

— Oh ! Seigneur tout-puissant !

Il se tourna vers Emilio.

— Fous le camp tout de suite ! Sors de là bon Dieu !

Emilio sortit en courant du cabanon. La lumière était blanche dehors. Il courut et s'arrêta au pied de ce qu'il fabriquait tout à l'heure, juste avant que son père ne passe en portant cet objet d'une démarche douloureuse.

Il s'assit devant son objet à demi fabriqué et lança un regard vers le cabanon. Il ne pouvait pas voir son père à l'intérieur, parce que la lumière était si forte dehors, comparée à la pénombre du cabanon.

Il se demanda pourquoi son père avait tant soutenu qu'il tripotait la mine alors que ce n'était pas vrai.

Il saisit l'objet posé dans l'herbe entre ses jambes, l'examina de près et reprit sa fabrication.

Pendant un court moment, il travailla dans le silence qui régnait habituellement derrière la maison.

Il ne parvenait pas à en retirer autant de plaisir que tout à l'heure, parce qu'à présent il avait un trou dans le ventre. Il sentait que quelque chose s'était déréglé dans le cabanon, et il pensait que reprendre sa fabrication lui permettrait de retrouver le fil. Qu'en quelque sorte il reviendrait en arrière, juste avant que son père ne passe devant lui.

Alors il entendit son père sangloter dans le cabanon.

Il cessa de fabriquer et tourna la tête vers la porte. Il réfléchit à ce qu'il devait faire. Il n'eut pas d'idées et continua à fabriquer.

4

Le soleil montait dans son dos et la rivière coulait devant lui, à une dizaine de mètres.

Un de ces jours, pensa-t-il, je viendrai pêcher ici, mais alors j'aurai besoin d'une canne, parce que juste avec mon fil comme ça, ça ne marchera pas.

Il tapota sur sa boîte de pêche et dit, s'adressant aux vers :

— Patience ! Nous y allons.

Il allongea le bras et arracha une branche d'un buisson mort. Elle lui fit penser au feu, qui lui fit penser à la tranche de lard, et il eut faim. Mais il devait tenir jusqu'à midi. De sorte qu'il se força à jeter la branche, et se leva.

Il pouvait aller jusqu'au bras mort par cette rive. Il lui suffirait de passer à gué un peu plus bas en aval. Il connaissait un coin dans la rivière pas plus profond qu'ici.

Il prit la boîte de pêche par son anse et commença de descendre vers l'aval. Mais il ne fit que quelques mètres et tourna brusquement à droite, vers la rivière.

Au moment de la traverser, il dit :

— Je savais que je ferais ça.

Là-dessus il traversa le courant en marchant de biais.

Arrivé sur la berge, il ôta ses chaussures et les dressa contre sa boîte de pêche, l'ouverture en direction du soleil. Ce n'était pas la première fois qu'il le faisait. Il en tirait toujours le même plaisir. Sa paire de chaussures était une partie de lui, et sa boîte de pêche, une autre. Et voilà que toutes les deux, séparées de lui, se trouvaient réunies. Elles cohabitaient comme deux sœurs sans avoir besoin de lui. A ses yeux, c'était simple et magnifique.

Il s'éloigna d'elles en marchant sur le sable et son plaisir augmenta. Il s'arrêta, se retourna une dernière fois pour voir sa boîte et ses chaussures cohabiter, puis franchit les quelques mètres qui le séparaient de la mine.

Il s'accroupit devant elle.

Le rectangle de métal ne s'était pas déformé du tout. Des taches de rouille apparaissaient. Il n'y avait pas fait attention tout à l'heure. Mais à présent, il les voyait bien, parce qu'il y avait davantage de lumière.

J'ai eu peur pour rien, pensa-t-il, faudrait beaucoup plus de chaleur pour le déformer. Ça a l'air solide. Mais peut-être qu'à midi, quand ça chauffera bien, il y en aura suffisamment.

Il s'imagina le soleil juste au-dessus de lui, et il conclut tout haut :

– Non, même à midi, il n'y aura pas assez de chaleur. C'est des idées que je me suis faites.

La congère de sable qui surplombait la mine lui parut soudain moins haute que tout à l'heure. Il lui sembla qu'elle avait baissé de quelques centimètres. Mais il n'en était pas sûr. Il se pencha et avança doucement la main vers la congère, et la mesura. Quatre doigts de haut. Il se redressa et dit :

– Mais je ne suis pas plus avancé, maintenant. J'aurais dû aussi la mesurer tout à l'heure pour pouvoir faire la différence. Mais je ne pouvais pas le savoir avant.

Mais il n'y avait pas de sable sur le rectangle, ce qui voulait dire qu'il s'écoulait de la congère à l'extérieur du trou. Et, dans la mesure où le sable ne retombait pas sur le rectangle, ça n'avait aucune importance que la congère ait baissé de quelques centimètres.

Puis soudain il secoua la tête et leva les yeux au ciel devant son manque de logique.

Car même s'il retombait dessus, ça n'avait pas d'importance non plus, car, avant le vent de cette nuit, la mine supportait bien tout le sable de la congère. Et ce depuis tellement d'années.

– Réfléchis un peu! dit-il.

Il s'assit dans le sable et croisa les mains sur ses genoux. Il contempla la mine un moment, puis regarda vers la rivière.

Sa boîte de pêche et ses chaussures étaient à une vingtaine de mètres, face à la rivière. Elles s'entendaient bien sans lui. Peut-être même tenaient-elles une discussion sur lui, à son insu. Cette idée lui plut et il chercha à deviner ce qu'elles avaient à dire sur lui.

La boîte commença :

– Chic type, Emilio, n'est-ce pas ?

La paire de chaussures l'approuva :

– C'est vrai, ça.

La boîte lui demanda :

– Est-ce qu'il vous a déjà parlé de son élevage intensif ?

La paire de chaussures répondit :

– Bien sûr! Et j'espère être encore là quand il commencera. J'ai peur d'être tout usée quand ce jour arrivera.

La boîte soupira tout d'abord, et puis elle dit :
— Moi aussi, je l'espère. Ça me plairait beaucoup d'habiter au bras mort. Alors toutes les deux, faut qu'on tienne encore quelques années si on veut voir cet élevage.

La paire de chaussures dit :
— C'est là le problème. Qui sait si nous serons encore en bon état dans quelques années ?

La boîte trouva une idée :
— Croisons les doigts.

La paire de chaussures rétorqua :
— C'est pas facile à faire, ni pour vous ni pour moi.

La boîte approuva :
— Oui, c'est vrai, je n'y avais pas pensé. Alors contentons-nous d'espérer.

La paire de chaussures acquiesça :
— C'est déjà plus raisonnable.

Il chercha la réplique de la boîte, mais finalement ça lui parut un peu trop loufoque de faire parler une paire de chaussures et une boîte de pêche. Il arrêta là leur discussion.

Toujours est-il qu'elles étaient magnifiques à voir. Le vert de la boîte brillait. C'était vraiment dommage qu'il n'ait pas trouvé de noir pour les charnières.

— Et ma jolie femelle ? se demanda-t-il. Qu'est-ce qu'elle fait en ce moment ?

Il ferma les yeux.

— Elle nage, tiens ! C'est pas compliqué, dit-il. Elle nage.

Elle serait sans aucun doute sa meilleure reproductrice le jour où il commencerait son élevage intensif, et aussi bien sûr le jour où il saurait comment faire pour que ses poissons s'accouplent et pondent des œufs. A l'évidence, il existait un moyen qu'il n'avait pas encore découvert. De toute façon, il se laissait encore quelques années avant de commencer professionnellement son élevage. Encore quelques années d'apprentissage et il serait prêt.

Au tout début il avait vu son entreprise derrière la maison. Il était à la tête d'un élevage intensif. Des milliers de poissons-chats. Dans plusieurs dizaines de bassins, reliés entre eux par un réseau de canaux. Et des planches qu'on soulève dans les canaux pour laisser passer l'eau, ou bien qu'on abaisse pour l'arrêter. Comme dans les systèmes d'irrigation. Et il installait son bureau dans le cabanon. Il posait une chaise dans l'entrée, s'asseyait là avec une planche sur les genoux, et c'était le guichet. Et les clients se servaient eux-mêmes dans les bassins avec leurs seaux. Ils passaient ensuite au guichet pour payer. Mais avant de sortir leur argent, ils posaient le seau sur la planche, comptant sur l'expérience d'Emilio pour leur dire ce qu'ils avaient attrapé. Et lui, au premier coup d'œil, était en mesure de les renseigner.

– Vous avez là deux femelles et un mâle, ça va ?

– Oui, ça va, merci beaucoup, répondaient les gens.

Puis ils payaient pour deux femelles et un mâle et s'en allaient.

– Au revoir !

– Au revoir ! Merci de votre visite.

Par la suite, quand il s'avéra que sa mère détestait définitivement les poissons-chats, il décida qu'il créerait son élevage à côté du bras mort.

Cette décision prise, il trouva que c'était une chance que sa mère les détestât à ce point. Car, à côté du bras mort, les conditions étaient bien meilleures que derrière la maison. Il aurait beaucoup moins de bassins à creuser, puisque le bras mort en valait une dizaine à lui tout seul. Et ça, il faut avoir déjà creusé un bassin pour le comprendre, se disait-il. Ensuite il y aurait là-bas un bien meilleur ensoleillement que derrière la maison. Pratiquement toute la journée à partir de l'instant où le soleil se levait derrière les crêtes. Une ombre pourtant. Il n'y avait pas de cabanon tout construit à côté du bras mort. Cela représentait sans doute beaucoup de travail, la construction d'un cabanon. Sûrement plusieurs jours avant d'en venir à bout.

Depuis qu'il avait peint en vert sa boîte de pêche, il avait décidé de peindre le cabanon de la même couleur. Sauf que le pot était vide à présent. Mais il avait pensé à garder le couvercle témoin, afin d'acheter, le moment venu, la couleur identique.

La construction d'un cabanon représentait beaucoup de travail, mais, au moins, il en serait l'unique propriétaire. Cela lui permettrait d'en choisir la couleur et de pouvoir ouvrir un vrai guichet dans le mur, au lieu de la planche posée sur ses genoux. Les bords du guichet étaient peints de blanc, comme les aménagements de sa boîte de pêche.

Une fois qu'il avait tout installé autour du bras mort : les bassins, les canaux avec leur planche en travers, le cabanon avec son guichet, un panneau indicateur où étaient inscrits son nom et le prix des poissons-chats. Une fois qu'il avait installé tout ça, ni son père ni sa mère, cependant, ne trouvaient leur place au milieu de sa propriété. Pas même au bord. Ni à un mètre du bord. Ni même au loin, descendant tous les deux le long de la rivière pour arriver jusqu'ici. Ils ne trouvaient leur place nulle part.

Dans son imagination, il n'obtenait que des scènes sans vie. Il posait ses parents et ils demeuraient là où il les avait posés. Son élevage ne les intéressait pas. A aucun moment, ils ne circulaient entre les bassins de leur propre initiative. N'enjambaient d'eux-mêmes les canaux. Pour que son père aille toucher la peinture du cabanon, il fallait qu'il le prenne et le pose devant le cabanon. Il prenait de même sa mère et la posait devant son écriteau. C'était désespérant de les soulever ainsi pendant toute la visite.

Vous voulez voir de près le bras mort où tout a commencé ?

Il attrapait alors son père devant le cabanon et sa mère devant l'écriteau, et il les posait tous les deux sur la rive du bras mort.

Alors je vais vous expliquer comment tout a commencé.

Mais son père et sa mère ressemblaient à des poteaux de bois devant le bras mort, et il n'avait plus envie de rien leur expliquer.

Si bien qu'il expliquait tout ça aux clients qui étaient très vivants, eux, et qui l'écoutaient religieusement.

Les clients étaient toujours très excités d'être là. Ils parlaient beaucoup après l'avoir écouté.

– Pas fameuse, la route, n'est-ce pas ?
– Mais on est excités d'être là à présent.
– Tout ça nous paraît assez magnifique.

Les gens circulaient dans son élevage. Les commentaires étaient tous positifs.

– Ce vert du cabanon, nous l'avons nous-mêmes cherché longtemps, vous savez ? Dites-nous où vous l'avez trouvé.

– Et ce truc pour savoir si c'est un mâle ou une femelle ?

– Mais c'est normal, il les étudie depuis qu'il a une dizaine d'années, alors !

– Depuis dix ans ! Alors nous comprenons maintenant.

– Nous aurions nous aussi besoin d'un écriteau de ce genre. Jolies lettres. Il est magnifique comme tout le reste.

Les gens n'étaient pas de bois à l'intérieur de son élevage.

5

Emilio se détourna de sa boîte de pêche et de sa paire de chaussures, et posa les yeux sur la mine. Mais c'était encore aux poissons qu'il pensait. Il dit :
— Ce serait drôle que j'attrape un mâle, maintenant que je me suis mis dans l'idée de ramener cette jolie femelle.

Il commença à être partagé.

— D'un autre côté, comme j'ai davantage de femelles dans le bassin que de mâles, ça équilibrerait que j'en ramène un aujourd'hui.

Pendant un instant, mâles et femelles rivalisèrent dans son esprit.

— Non, non, je reste à ma femelle, dit-il soudain, pas de raisons que je change maintenant. Et, de toute façon, ça équilibrerait pas beaucoup, un mâle de plus.

Emilio décroisa les mains devant ses genoux et s'accroupit dans le sable. Il se pencha sur la mine. Depuis le matin, c'était la première fois qu'il l'examinait d'aussi près. Elle avait moins l'air d'un banal bout de ferraille à cette distance. Malgré la rouille, on voyait bien les angles nets du rectangle métallique. Emilio promena son doigt à quelques centimètres au-dessus, en lui faisant suivre le périmètre du rectangle.

Il retenait son souffle.

Il arrêta son doigt, tourna la tête de côté, reprit sa respiration, et dit tout doucement :

– Si quelqu'un arrivait maintenant et me marche sur la main ?

Il faudrait qu'il soit aveugle pour faire ça, pensa-t-il. Mais qu'est-ce que tu veux qu'un aveugle fasse ici, tout seul ?

Un aveugle ici ! Il eut envie de rire. Mais ce n'était pas le moment de bouger, car il avait toujours son doigt suspendu au-dessus du rectangle. Il tourna la tête de côté, et il dit :

– Je vais aller pêcher à quelle heure ?

Il retira sa main et fixa la mine.

– Hein ?

Maintenant il ne risquait plus de toucher le rectangle métallique avec son doigt. Alors il rit à cette histoire d'aveugle, et aussi parce qu'il venait de s'adresser à la mine.

Mon Dieu, pensa-t-il, et tout à l'heure je trouvais loufoque que la boîte discute avec mes chaussures. Faudrait que j'y réfléchisse tranquillement. Mais je dois m'occuper des vers en attendant. Je voudrais pas qu'ils crèvent pendant que je reste là.

Il se remit debout.

– Je vais m'occuper des vers, dit-il en s'éloignant.

Et, comme à l'évidence, il venait une nouvelle fois de s'adresser à la mine, il arriva devant sa boîte de pêche en riant.

Il prit ses chaussures et les enfila. Elles n'étaient pas tout à fait sèches, mais ça ne le gênait pas. Il souleva le couvercle de la boîte. Avec son système de charnière, le couvercle tenait ouvert tout seul et à l'horizontal. De sorte qu'il pouvait, lorsqu'il pêchait, poser sa boîte de vers et ses hameçons dessus, à portée de sa main.

Il sortit son sac de repas qu'il posa sur le couvercle. Les aménagements de la boîte apparurent dans toute leur splendeur.

Au fond et au centre, se trouvait le bidon en plastique transparent, pour ramener les poissons-chats à la maison. Pour l'instant, il était vide. Il le remplissait à moitié avec de l'eau du bras mort dès qu'il y arrivait le matin.

Autour du bidon, quatre casiers. Un pour la boîte de vers, un pour les hameçons, un pour le fil de pêche et les plombs. Et le dernier qu'il gardait vide, en réserve. Emilio ne savait pas en réserve de quoi, mais il aimait bien posséder ce casier. Il lui évoquait des possibilités infinies pour le remplir.

Le bidon se trouvait solidement tenu par les quatre casiers.

Un couteau, une paire de ciseaux, un rouleau de cordelette, une boîte d'allumettes étaient suspendus aux parois par des clous.

Enfin, coincées entre le casier des vers et celui des hameçons, deux feuilles de papier journal pliées pour allumer le feu.

L'intérieur de la boîte était peint de blanc, sauf le bidon. Une fois le couvercle de la boîte soulevé, on ne voyait que du vert et du blanc. Impossible de s'en lasser.

Emilio creusa un trou dans le sable. Il plongea la main à plusieurs reprises dans le casier des vers pour les en sortir. Quand ils furent tous réunis dans le trou, il prit de l'eau de la rivière dans le creux de ses mains, et les aspergea. Il remit son sac de repas dans la boîte, en referma le couvercle, et la posa devant le trou pour faire de l'ombre aux vers.

Je suis tranquille pour un moment, pensa-t-il.

Il retourna vers la mine et s'allongea à côté d'elle.

Il roula sur le flanc et mit une main sous sa joue. Son regard donnait droit sur la congère.

— Je me suis occupé des vers, dit-il, ils sont mouillés et à l'ombre. Peuvent pas s'en aller, je crois. De toute façon, ils n'iraient pas loin. C'est trop sec ici pour eux.

Je serais déjà au bras mort si j'étais passé sur l'autre berge, ce matin, pensa-t-il. J'aurais pas vu la mine et je serais déjà là-bas en train de pêcher.

Il lui sembla qu'il oubliait quelque chose.

Le vent, voilà, il oubliait le vent. C'est lui qui avait soufflé toute la nuit et soulevé le sable au-dessus de la mine.

Je serais déjà au bras mort si le vent n'avait pas soufflé toute la nuit, en déduit-il.

C'était frappé au coin du bon sens.

Mais, en y réfléchissant plus longuement, il n'en fut plus très sûr. Car un jour, il avait mis sur le dos du vent une des pires choses qui lui était arrivée.

Une nuit, il avait soufflé comme cette nuit.

Le matin, Emilio s'était levé. Il faisait froid dans la maison. Dans la cuisine, sa mère lavait l'assiette de son père au-dessus de l'évier. Elle l'essuya et la posa sur la table pour Emilio. Elle lui servit son déjeuner, et il mangea en silence parce que sa mère n'aimait pas beaucoup parler le matin. Emilio non plus, de sorte que le silence ne gênait personne pendant les jours de la semaine. Mais pas le samedi et le dimanche, parce que son père, lui, aimait bien parler le matin. Emilio déjeunait avec lui, le samedi et le dimanche. C'était toujours les mêmes histoires que son père lui racontait. Il avait vu tel type tel jour, et ils étaient convenus d'aller à la chasse ensemble un de ces jours.

Qui n'arrivait jamais.

Parce que son père devait d'abord convenir d'un autre jour pour aller emprunter le fusil de tel autre type. Alors il s'agissait pour lui de coordonner tout ça, sinon ça ne marcherait jamais. Emilio écoutait tout le temps cette histoire tortueuse en mangeant avec son père. Elle évoquait pour lui le réseau complexe des canaux entre ses bassins.

Il y avait longtemps qu'il ne croyait plus son père capable de coordonner ces deux rendez-vous.

Et, d'ailleurs, est-ce qu'au moins l'un de ces deux types existait. Emilio en doutait. Peut-être même qu'aucun des deux n'existait. Le jour où il avait demandé son avis à sa mère, au sujet de leur existence, elle avait haussé les épaules. Ce qui voulait dire non.

– Même pas un des deux ? avait insisté Emilio.

– Ils sont tous les deux là, avait-elle répondu en posant son doigt sur le front d'Emilio.

Son doigt était mouillé.

Ce matin où le vent avait soufflé toute la nuit, Emilio mangeait seul. Il entendait l'eau couler à l'évier. Il se demandait ce qu'il allait faire aujourd'hui. Aller pêcher ou s'occuper du bassin ? Soudain il laissa sa fourchette en suspens devant sa bouche et il dit :

– Il y a eu du vent, cette nuit.

Il s'était parlé à lui-même. Il pensait au bras mort et à l'état de l'eau ce matin.

Il entendit sa mère derrière lui :

– Oui, il y a eu du vent.

Il reposa sa fourchette dans l'assiette. Il était content que sa mère se soit méprise. Il se dit que, pour une fois, ils pouvaient bien parler. Il lança une autre phrase :

– Je me suis réveillé, dit-il.

L'eau s'arrêta de couler au robinet.

– Moi aussi, je me suis réveillée, dit sa mère.
– Il y avait beaucoup de vent.
– Beaucoup.
– C'était quel vent, ça ? demanda-t-il.
– Du sud.
– Tu en es sûre ?
– Oui, dit sa mère.
– J'aime pas ça, dit-il.
– Pourquoi ?
– A cause du bras mort. Ça fait remonter la vase et j'attrape plus rien.
– Quand est-ce que tu arrêteras de ramener ces poissons ?

Il ne dit rien. Il regarda le ciel par la fenêtre. Le vent l'avait dégagé pendant la nuit. Sa mère quitta la cuisine. Il l'entendit monter les escaliers. Il termina de manger et lava son assiette dans l'évier. Il laissa couler l'eau au robinet pour la regarder s'écouler en tournant dans le siphon de l'évier.

Il n'avait encore rien décidé.

Aller pêcher ou rester au bassin ? Mais, comme de toute façon, il faisait toujours un tour au bassin avant d'aller pêcher, il ferma le robinet, sortit et passa derrière la maison.

Il arriva devant le bassin, et ce qu'il vit lui sembla d'abord dénué de sens.

Sa vingtaine de poissons-chats se débattait dans si peu de fond, que plusieurs d'entre eux avaient le corps hors de l'eau et fouettaient l'air de leurs nageoires.

Le bassin était pratiquement vide. Les poissons grouillaient au fond en se tordant de douleur. La toile imperméable apparaissait presque entièrement.

Au début il fut si frappé d'horreur qu'il ne réagit pas. L'agonie de ses poissons le laissait pétrifié devant le bassin, incapable de rien entreprendre.

Soudain il courut au cabanon chercher sa boîte de pêche. Il l'ouvrit et sortit le bidon en plastique. Se rua hors du cabanon. Ses sanglots commencèrent lorsqu'il repassa en courant devant le bassin.

La maison et la cuisine.

L'eau du robinet mettait un temps immense à monter dans le bidon. Il n'attendit pas qu'il fût rempli. A la moitié, il se précipita dehors et courut derrière la maison.

Il vida l'eau sur les poissons et repartit aussitôt.

Sa mère était dans la cuisine. Elle aperçut le bidon.

– Je croyais t'avoir dit de ne jamais venir ici avec ça, dit-elle.

– Maman, y a pas de poissons dedans, dit-il d'une voix douloureuse.

Elle alla s'asseoir sur une chaise sans un mot.

Emilio ouvrit le robinet sous le bidon.

– Mon bassin, dit-il avec des sanglots, il est vide.

Sa mère regardait vers la fenêtre.

– C'est le vent, maman ! dit-il, il a asséché mon bassin.

Il fit une dizaine de voyages avec le bidon, et aucun des poissons ne mourut.

Mais, bizarrement, l'eau refusait de rester au même niveau dans le bassin. Elle baissait tout le temps, malgré tous les bidons qu'il versait. Il continua à en amener jusqu'à midi pour garder un niveau suffisant. Puis son père rentra et vint le voir derrière la maison.

Emilio lui dit :

– C'est le vent, mais ça continue de baisser.

– Qu'est-ce que tu racontes avec le vent ? lui demanda son père.

– Il a asséché le bassin, dit Emilio avec désespoir, mais ça continue.

- Qu'est-ce que tu racontes avec le vent, dit son père. Va chercher le seau !

Emilio alla au cabanon et revint avec le seau.

- Remplis-le, lui dit son père.

Emilio le remplit en se servant du bidon. Puis il regarda son père, parce qu'il ne savait pas où il voulait en venir.

- Mets tes poissons dedans, à présent, lui dit-il.

Quand Emilio eut mis le dernier poisson à l'abri dans le seau, son père tira la toile imperméable hors du trou et l'étala dans l'herbe. Elle était pleine de vase.

- Retire la vase et essaie de voir ce qui s'est passé ! dit-il.

Là-dessus, il retourna vers la maison.

Emilio essaya d'enlever la vase, mais il y en avait trop. Alors il retourna la toile et aperçut l'entaille au milieu. Seul un couteau avait pu l'ouvrir de cette façon.

Il s'assit à côté du seau et plongea sa main au milieu des poissons-chats. Il effleurait leurs ventres. Ils glissaient entre ses doigts.

Ainsi sa mère détestait tellement ses poissons qu'elle avait voulu les tuer tous. Ou alors son père ? Cet immense chasseur qu'était son père. Ce pouvait être autant lui que sa mère qui avait entaillé la toile.

Un jour, avant l'épisode du bassin, Emilio avait ramené un poisson-chat mal en point. Il n'avait pas réussi à lui enlever l'hameçon. Il avait été obligé de couper le fil et de le ramener au bassin avec cet hameçon dans la gueule. Son père lui demanda ce qu'il attendait pour le retirer. Emilio lui dit qu'il craignait de lui faire mal. Son père attrapa le poisson et lui arracha l'hameçon. Il garda le poisson dans la main et demanda à Emilio s'il avait déjà tué un de ses poissons. Emilio répondit non. Il regardait son poisson se débattre dans la main de son père.

Dodelinant de la tête au-dessus du bassin, son père lui demanda alors ce qu'il avait dans le ventre.

Le poisson d'Emilio était tout doucement en train de crever parce que son père le tenait toujours dans sa main. Il avait une plaie à la gueule à cause de l'hameçon, et du sang rose s'en échappait.

— Papa, dit Emilio, suppliant, mon poisson, il va crever.

— Bon Dieu, non, lui dit son père. Je sais ce que je fais. Il est encore solide.

Le poisson perdait ses forces peu à peu. Emilio plongeait son regard dans celui de son père. Puis il baissa les yeux.

— Il va crever.

— Non, lui dit son père.

— C'est une femelle, papa !

— Ça change quoi, garçon ?

— Je préfère les femelles.

Son père avait secoué la tête à plusieurs reprises et dit :

— Une femelle !

Puis à Emilio :

— Comment tu sais ça ?

Emilio n'avait pas répondu.

Son père avait gardé le poisson dans la main de longues secondes encore. Puis il l'avait rejeté dans le bassin. Le poisson avait filé se cacher au fond dans la vase. Son père s'était redressé et avait dit :

— Merde alors, une femelle ! Comment tu peux savoir ça, fiston ?

Et il était parti.

Emilio plongea l'autre main dans le seau pour bien sentir ses poissons-chats.

Qui de son père ou de sa mère avait entaillé la toile ? Il pencha pour son père qui possédait un couteau et l'avait toujours dans sa poche.

Mais lorsqu'un peu plus tard il lui donna l'argent pour une nouvelle toile imperméable, la question demeura à jamais ouverte.

6

Le soleil montait dans le ciel.
La rivière avait pris une teinte argentée.
Emilio dit :
— Je retourne voir mes vers.
Il se leva et marcha jusqu'à sa boîte de pêche. A l'ombre, les vers semblaient endormis. Le sable commençait à sécher sur les bords du trou. Emilio prit de l'eau dans ses mains et l'arrosa.
— Bougez pas ! dit-il.
Il en reprit un peu pour lui, et la porta à ses lèvres. Elle était fraîche.
Il revint vers la mine en s'essuyant la bouche.
Ce serait drôle, se dit-il, qu'en revenant tous les vers se soient sauvés.
Juste avant d'arriver devant la mine, il adopta une démarche insouciante. Il avança droit sur elle et, au moment où il allait poser le pied dessus, il dévia, marcha encore un peu et se retourna.
Il le refit en sens inverse.
Quand il passa tout près de la mine, et au moment où il déviait son pied, il dit :
— Attention !
Il recommença plusieurs fois, sans plus rien dire. Mais de plus en plus vite, jusqu'au moment où, au lieu de faire demi-tour vers la mine en dérapant

dans le sable, il continua sur sa lancée, courut jusqu'à sa boîte de pêche et s'assit dessus. Son cœur battait.

Ça a peut-être l'air de rien, de passer juste au-dessus de la mine, pensa-t-il, mais il faut le faire.

Il jeta un œil vers la mine et baissa la tête.

Puis se leva d'un bond, courut et refit encore quelques passages en trombe au-dessus de la mine avant de courir finalement vers la rivière.

Il remonta sur cinq cents mètres en amont, enchaînant les idées les unes aux autres. Le reflet du soleil avançait à côté de lui à la surface du courant.

Il atteignit un coude de la rivière.

Il n'alla pas au-delà. Il y avait de profonds trous d'eau après le coude et il n'aimait pas marcher au bord.

Il revint sur ses pas.

A mi-chemin des trous d'eau et de sa boîte, il s'arrêta un moment et fit un trou dans le sable avec son talon. Puis il le reboucha.

Quand il repartit, il avait décidé de sortir la mine du sable et de la ramener à la maison.

Il arriva près de sa boîte de pêche. Il sentit un creux dans sa gorge et il se mit à trembler.

— Oublie ça, dit-il, ramasse tes vers et va pêcher!

Mais il ne bougeait pas.

— C'est dangereux, ces engins-là, dit-il. Faut pas trop les chercher, ça demande de la douceur, sûrement.

Il ferma les yeux.

— Oui, faut de la douceur, et peut-être même la prendre par les sentiments, pourquoi pas?

Il secoua la tête.

— Oh! fit-il, qu'est-ce que je raconte? Je vais me lever et aller au bras mort, oui, et tout de suite.

7

Il décida qu'il fallait tout organiser avec certaines règles. Ne pas faire n'importe quoi.

Pour commencer, il traça un cercle d'environ deux mètres de diamètre autour de la mine.

Il décréta qu'il parlerait à la mine uniquement à l'intérieur du cercle. Mais qu'à l'extérieur il pourrait faire comme il le voudrait, exactement comme si la mine ne pouvait ni le voir ni l'entendre. Dans la mesure où il serait en dehors du cercle, la mine n'existerait pas. Il lui sembla que c'était une bonne règle. Elle lui donnait beaucoup de liberté.

Il retourna vers la rivière et s'assit sur sa boîte pour réfléchir à d'autres règles. Excepté celle du cercle, il n'en trouva pas.

Il pensa à sa boîte de pêche et se demanda quelle devait être sa place dans cette organisation. Il y réfléchit longuement. Mais autant il l'aimait, autant il ne savait pas quelle place lui donner. Finalement il choisit qu'elle resterait tout simplement là, au bord de la rivière.

Et les vers ? se demanda-t-il.

Rien pour eux, décida-t-il. Les vers faudra seulement que je pense à venir les mouiller de temps en temps.

Il posa ses mains à plat sur ses genoux et dit :

Cependant il resta assis sur sa boîte.

Mais je peux quand même y réfléchir, se dit-il, cette histoire de sentiments, c'est intéressant. Qu'est-ce qui m'empêche d'y réfléchir et d'aller au bras mort ensuite ?

Il resta un moment sans penser ni rien dire. Juste à regarder couler la rivière.

— Oui, dit-il tout à coup, c'est pas idiot cette histoire de sentiments. Je vais m'asseoir à côté d'elle et je lui raconte toutes sortes de choses sur moi. Après ça, elle osera plus me sauter à la figure. Je pourrai la sortir du sable et la ramener à la maison.

— Mais, Emilio, dit-il, où tu as vu ça ?

— Bon, j'ai jamais vu ça, et après ?

— Et après ? Je vais te le dire, elle te sautera à la figure malgré tout ce que tu auras raconté.

— Pas si elle me prend pour un chic type, tu comprends ?

— Mais c'est qu'un bout de ferraille, Emilio !

— Oui, un chic type, et avec une vie épatante.

— Un bout de ferraille, Emilio ! C'est tout.

— Je sais ce que je fais.

— Mais, Emilio !

— Chut !

– Bon, j'ai tout réglé, je crois.

Il observa la hauteur du soleil dans le ciel et conclut au jugé :

– J'ai encore le temps de commencer avant midi.

Il se leva et marcha tranquillement vers la mine. Arrivé devant le cercle, il hésita un instant. Il en fit le tour.

Qu'est-ce que tu attends ? se demanda-t-il après avoir bouclé son tour.

Soudain il réalisa qu'il avait oublié un élément important concernant les règles. Par où entrer dans le cercle ? N'importe où, en faisant attention de ne pas piétiner le trait, ou bien par un passage particulier ?

Il opta pour un passage et décida qu'il serait entre la mine et la berge de la rivière. Il effaça cinquante centimètres du cercle et traça, à chaque extrémité de l'arc ainsi obtenu, deux traits courts pour bien marquer l'entrée.

– Maintenant ça va, dit-il.

Il entra dans le cercle par ce passage et s'assit dans le sable. Il baissa la tête et regarda entre ses jambes. Il resta ainsi parce qu'il ne savait pas quoi faire d'autre. Il ne savait pas quoi dire. Il se sentait un peu ridicule tout à coup.

Il releva la tête et commença à rire. Mais il s'arrêta tout de suite.

Faut peut-être pas que je rie à l'intérieur du cercle à côté d'elle, pensa-t-il, faut que je sois prudent ici.

Il releva la tête et contempla la mine.

Sauf que c'est con comme tout une mine, se dit-il, elle comprendra jamais que ce n'est pas à cause d'elle que j'ai ri.

Mais qu'est-ce je dois dire alors, par où je vais commencer ? se demanda-t-il.

Il réfléchit.

Bon, se dit-il finalement, j'ai l'impression que je ne suis pas encore prêt. Je devrais aller faire un tour pour me concentrer.

— Je reviens, dit-il. Je vais marcher un peu.

Il se leva et sortit du cercle.

Il s'éloigna vers l'amont.

Faudrait que quelqu'un arrive maintenant, songea-t-il, qu'il découvre la mine et me dise de foutre le camp. Alors ça réglerait tout et j'irais pêcher.

Mais il se dit qu'il fallait vraiment aimer les poissons-chats comme lui pour venir jusqu'ici. Il en conclut qu'il était probablement le seul à aimer les poissons-chats, puisqu'il n'avait encore jamais croisé personne dans ce coin de rivière.

Il regarda de nouveau le soleil.

Il aurait aimé qu'il soit trop tard pour recommencer avant midi. Mais il restait bien encore deux heures avant qu'il n'allume son feu et prépare son repas.

— C'est bon, je vais y retourner, dit-il. Et je vais le faire bien maintenant.

Il fit demi-tour sur la berge et redescendit vers la mine.

Au moment d'entrer dans le cercle, il dit tout haut :
— J'ai dit que j'allais le faire bien.

Et puis :
— Bon, ce matin, je lui explique que j'ai une vie épatante et, cet après-midi, que je suis un chic type.

Il entra par le passage et s'assit dans le sable.

— Je m'appelle Emilio, commença-t-il en regardant droit devant lui vers la rivière.

Il se cacha aussitôt le visage dans ses mains.

Qu'est-ce que je raconte là, songea-t-il, c'est complètement idiot. Je m'appelle Emilio ! Je trouve ça assez stupide. Pas l'ombre d'un sentiment là-dedans. Mais il faut bien que je commence par quelque chose, non ? Qu'est-ce que j'aurais pu dire d'autre pour commencer ? C'est pas facile.

Il retira ses mains et demeura silencieux.

Depuis qu'il était revenu s'asseoir à l'intérieur du cercle, il n'avait pas encore regardé la mine une seule fois. Il tourna la tête vers elle.

Elle sait que je m'appelle Emilio, maintenant, pensa-t-il.

Ce qui lui donna une nouvelle fois envie de rire.

Non, se dit-il, recommence pas à rire !

Il tendit le bras, effleura la congère du doigt, et il dit :

— Beaucoup de vent, cette nuit, hein ?

Il trouva que ça allait déjà mieux que sa première phrase. C'était peut-être une banalité, mais, de toute évidence, il ne pourrait jamais tenir toute la journée sans en dire.

— Ça m'a réveillé, dit-il, je dormais et le vent m'a réveillé.

Il retira sa main de la congère et dessina dans le sable entre ses jambes.

— J'ai tout de suite pensé à l'eau du bras mort.

Il arrêta de dessiner et croisa ses mains.

— Le bras mort ? C'est en aval d'ici. Deux kilomètres, je dirais. Peut-être plus. C'est un trou qui donne sur la rivière, sauf que, là, l'eau ne coule pas, elle stagnerait plutôt. Un trou qui fait dans les vingt mètres de long.

Sans s'en rendre compte, il s'était remis à dessiner dans le sable. Et c'était les contours du bras mort.

— Bref, j'ai pensé à lui. Je ne sais pas pourquoi, mais, chaque fois que le vent souffle, ça remue la vase au fond et c'est pas facile d'attraper des poissons-chats.

Il s'arrêta et se demanda s'il avait déjà parlé des poissons-chats. Mais non. Il avait commencé par son nom, puis ensuite le vent, et enchaîné sur le bras mort.

Seulement ça lui posait un problème de parler tout de suite des poissons-chats. Il avait peur de ne plus rien avoir à dire ensuite. Si ce n'est se répéter jusqu'au soir. Ne valait-il pas mieux les garder pour l'instant ?

Il y réfléchit et décida qu'en effet c'était mieux de les garder pour l'instant. Ainsi donnerait-il le meilleur de lui-même cet après-midi.

Il leva la tête vers la rivière.

Et pourquoi je ne lancerais pas une ligne ? se dit-il soudain, oubliant la mine. Je ne peux pas savoir à l'avance que ça ne marchera pas. Je n'aurai pas de poissons-chats, mais j'aurai peut-être une truite.

Il se leva et quitta le cercle sans emprunter le passage, car il ne pensait plus qu'à la truite. Il avait envie de la manger pour midi. Il se dit qu'il la ferait cuire sur les braises avec le lard, et l'eau lui vint à la bouche.

En arrivant au bord de l'eau, il la vit déjà tirer sur la ligne. Il n'avait jamais tué de poisson, mais aujourd'hui il tuerait cette truite.

Il ouvrit sa boîte de pêche et sortit une ligne. Elle était enroulée autour d'une planchette en bois. Il la déroula sur la berge. Elle mesurait cinq mètres, c'était suffisant. L'hameçon, ça pouvait aller aussi. Mais il lui sembla que la ligne n'était pas assez plombée. Il en prit une autre dans la boîte, en ôta le plomb et le remonta sur la première ligne.

– Attention ! prévint-il en plongeant la main dans le trou des vers.

Il en sortit deux qui étaient entortillés ensemble. Il les posa sur sa paume, referma la main, et se demanda lequel des deux il enfilerait sur l'hameçon.

Comment je peux choisir ? se demanda-t-il. L'un comme l'autre, ils sont vivants.

Les vers lui chatouillaient la peau.

Il décida alors qu'une truite devait manger davantage qu'un poisson-chat, en rapport à sa taille. De sorte qu'il enfila les deux vers sur l'hameçon.

Il avait toujours un pincement au cœur quand il le faisait. Il n'aimait pas regarder les vers se tordre sur l'hameçon. Il aurait préféré les tuer avant de les transpercer, mais il n'osait pas. Lorsqu'il se piquait en manipulant un hameçon, il essayait de comparer son infime blessure à celle qu'il infligeait aux vers en les perçant de part en part.

Il concluait toujours que c'était incomparable et tentait de ne plus y penser.

Les deux vers se tordaient autour de l'hameçon.

Il prit la ligne, ficela une extrémité à l'anse de la boîte de pêche et lança l'autre dans la rivière, munie de l'hameçon et des plombs. Il y eut un léger ploc à la surface, et les vers disparurent dans l'eau. Il savait qu'ils continueraient à souffrir, mais en général il les oubliait très vite à partir de l'instant où il ne les voyait plus.

Le courant tendit la ligne. Emilio referma le couvercle sur la boîte, vérifia le nœud du fil sur l'anse, et retourna vers la mine.

– Je vais manger une truite pour midi, dit-il en empruntant le passage.

Il s'assit face à la rivière afin d'avoir un œil sur sa ligne. Il la surveilla pendant un moment et resta silencieux.

Et si je me mettais aussi à aimer les truites ? se demanda-t-il. Non, faudrait pas que ça m'arrive. Je n'ai qu'un bassin. Je ne saurais pas où les mettre.

Non, il savait que ça n'était pas possible. Dans

l'immédiat en tout cas. Mais, à long terme, il pouvait facilement l'envisager. Le jour où il serait installé dans son élevage, ce jour-là, oui, il pourrait se permettre d'aimer les truites. Il ne manquerait pas de place alors. Elles auraient leur bassin propre.

Mais cette perspective lui posait un problème. Comment allait-il se partager entre les truites et les poissons-chats ? Ce qu'il donnerait aux unes, il faudrait bien qu'il le prenne aux autres. En aimant les truites, il aurait alors moins de temps à consacrer aux poissons-chats.

Il eut soudain une vision épouvantable.

S'il finissait, un jour, par préférer les truites et par délaisser les poissons-chats ?

Cette éventualité l'emplit de terreur. Il serra les poings. A l'idée que les truites puissent prendre la place des poissons-chats dans son cœur, il se mit à les détester sur-le-champ. A présent, il était sûr qu'il n'hésiterait pas une seule seconde au moment de tuer celle de midi. Il se dit que, bien que ce soit injuste, elle allait payer pour les autres.

Mais je la tuerai vite, se promit-il.

Il jeta encore un œil sur la ligne dans la rivière, puis il se tourna vers la mine.

— Qu'est-ce que je disais avant d'aller m'occuper de la ligne ? dit-il.

Il l'avait oublié.

— Bon, dit-il, je devrais pas penser à autre chose pendant que je suis ici. Maintenant je reste là jusqu'à midi. Sauf si la truite a pris à l'hameçon, alors je serai bien obligé d'y aller.

Il avoua :

— J'ai oublié ce que je disais.

De quoi je pourrais bien lui parler, se demanda-t-il, c'est pas facile. Surtout que j'ai décidé de garder les poissons-chats pour cet après-midi, ça je m'en souviens.

Et puis est-ce que tu te souviens que tu dois lui raconter que tu as une vie épatante, ce matin ? se demanda-t-il.

Il gratta le sable entre ses jambes.

– On a un cabanon, dit-il alors soudain, derrière la maison.

Il s'arrêta pour réfléchir.

Fallait-il parler du cabanon ?

Oui, c'était bien, seulement l'époque où ils s'y installaient le dimanche pour manger était révolue. Son père y avait accumulé des quantités de pièces de voiture depuis. Toutes provenant de modèles différents, et par conséquent inutilisables pour cette voiture que son père rêvait de remonter pour pas cher, sauf le châssis bien entendu, mais un châssis il était sûr d'en trouver un le jour venu. Il n'avait besoin que d'un peu d'huile de coude et d'un châssis.

En attendant, le cabanon était devenu un débarras, et il était devenu difficile d'y circuler.

Mais si je parle du cabanon, pensa-t-il, j'aurai vite fait le tour. Et qu'est-ce que je raconterai après ?

Il réfléchit rapidement.

Je vais en parler et je verrai ensuite, décida-t-il.

Il ramena les mains sur ses genoux et dit :

– On va manger dans le cabanon tous les dimanches.

De nouveau, il s'arrêta. Cette fois pour mesurer l'effet de ses mots sur lui-même. Il trouva que ça sonnait assez juste. Il se dit que personne n'aurait pu déceler le mensonge en l'entendant. Peut-être manquait-il encore d'un peu de persuasion dans la voix. Mais ça, il pouvait l'améliorer.

— On va manger dans le cabanon tous les dimanches, répéta-t-il d'une voix raffermie.

Voilà, se dit-il tout de suite, j'ai trouvé.

— On prend du bon temps, dit-il ensuite avec la même voix. Ceux qui possèdent une voiture font des kilomètres avant de trouver un coin pour manger le dimanche. Nous, on n'a simplement qu'à passer derrière la maison.

Il se souvint alors de cette cuisinière que son père devait installer dans le cabanon. Il en avait si souvent parlé. Fallait-il prétendre que c'était fait, aujourd'hui, qu'il l'avait installée ? Bien sûr, ça paraîtrait vraisemblable, seulement ça n'était pas intéressant de parler d'une cuisinière.

Il se souvenait aussi du four que son père n'avait jamais construit, et le four lui, contrairement à la cuisinière, méritait d'être développé.

— Mon père a construit ce four à pain, dit Emilio sans avoir préparé ses mots.

C'était bien, ça aussi, trouva-t-il. La voix sonnait juste.

— On s'assoit devant le cabanon, reprit-il, et on regarde la flambée. On attend que le pain soit cuit. On le mange encore chaud, sans rien. Bien meilleur que tout le pain qu'on achète. Les gens voudraient toujours nous en acheter, mais nous on répond qu'on n'en fait pas suffisamment pour le vendre. Alors, de temps en temps, on leur en donne.

Emilio sentait qu'il allait peut-être un peu loin.

Si je ne raconte que ce genre de choses épatantes, se dit-il, ça va paraître louche. Et je dois toujours veiller à ce que ça ait toujours l'air vrai.

— Mais l'ennui, c'est que le four est tout de travers, dit-il pour contrebalancer, bien sûr il chauffe bien, mais à voir il n'est pas très beau. Et puis il y a un autre ennui, la fumée a tendance à entrer dans le cabanon quand il y a du vent.

Voilà, il avait rectifié. Mais il avait noirci le tableau à contrecœur. Et tout compte fait, peut-être un peu trop.

Si bien qu'il dit soudain :
— Mais il n'y a pas souvent de vent chez nous.

A présent c'était bien. Un seul défaut suffisait. Pourquoi faire construire un four à son père si le résultat n'était pas ce qu'ils en attendaient ?

Il regarda sa ligne dans la rivière.

Le four à pain flottait devant ses yeux, toujours un peu de travers. Mais il fonctionnait. Quand les miches en sortaient, elles étaient magnifiques, et sa mère les enroulait dans un torchon et les posait sur la table du cabanon. Et les voisins ouvraient leurs fenêtres et sentaient l'odeur de ces pains magnifiques, et ils étaient désespérés de ne pouvoir en acheter. Pourtant ils étaient prêts à les payer cher.

Arrête-toi ! se dit Emilio, tu vas encore trop loin.

Mais je pensais seulement, se défendit-il.

Il tournait le dos à la rivière.

En se retournant, il aperçut sa ligne. Il était peut-être temps d'aller y jeter un œil. Si la truite était au bout, il valait mieux s'en occuper tout de suite.

Il sortit du cercle et alla s'accroupir entre la berge et sa boîte de pêche. Il éprouva la ligne en tirant légèrement dessus. Elle était un peu tendue, mais ça, c'était le courant. Une truite, elle, aurait soulevé l'anse de la boîte. Peut-être n'y avait-il plus les vers au bout ? Il voulait le vérifier avant de retourner s'asseoir dans le cercle. Il tira sur la ligne d'une main, l'enroulant à mesure autour de l'autre main. Bientôt les plombs apparurent, puis l'hameçon et les vers. Ainsi, la truite avait encore de quoi manger.

Il relâcha vite la ligne pour ne pas voir les vers continuer à vivre malgré la noyade et la blessure de l'hameçon.

La ligne retrouva sa tension.

Emilio promena son regard sur toute la partie du fil, allant de l'anse jusqu'à ce point mouvant où elle entrait dans l'eau.

Cependant il pensait au four à pain. Il s'était remis à flotter devant ses yeux. Les miches étaient deux fois plus grosses maintenant, et les voisins n'osaient même plus ouvrir leurs fenêtres tellement l'odeur les désespérait. Et lui, privilégié parmi les privilégiés, il entrait dans le cabanon, posait sa main sur le torchon, et il sentait la brûlure de la croûte au travers du tissu. Et il entendait dehors le feu crépiter dans le four.

Brusquement il se redressa et se rua vers la mine. Ses chaussures s'enfoncèrent dans le sol, projetèrent des arcs de sable derrière lui. Il fit un bond au-dessus du passage et se retrouva à l'intérieur du cercle.

– Il a jamais été de travers, cria-t-il.

Il reprit sa respiration.

– Seigneur, non, il est pas de travers ! dit-il d'une voix tendue.

Il hocha la tête.

– Il est très beau, ce four, dit-il avec conviction.

Il demeura quelques instants debout, l'esprit vide.

Il leva les yeux vers le ciel.

Le soleil indiquait onze heures.

Il blanchissait une large étendue de ciel autour de lui. Il faisait assez chaud. Des nuées d'insectes volaient de l'autre côté de la rivière, tout autour des buissons morts.

Pas d'oiseaux, pas de nuages.

8

Tout doucement Emilio revint à lui et il s'assit dans le sable.

C'est bien comme ça, pensa-t-il à propos du four, j'ai dit ce qu'il fallait.

Onze heures, pensa-t-il ensuite, encore une demi-heure et je vais préparer mon feu. Je vais avoir autant de bois que je voudrai, aujourd'hui. Je ferai cuire la truite en même temps que le lard. Je ferai aussi chauffer le pain.

Mais il commençait à avoir un soupçon au sujet de la truite. Il savait depuis le début que sans ligne de coton et sans mouche, ce n'était pas gagné. Mais, avec des vers et deux heures devant lui, pourquoi n'aurait-il pas sa chance après tout. Car ce n'était pas une demi-douzaine de truites qu'il espérait prendre, mais une seule. Et deux heures et une seule truite, il se dit que c'était raisonnable.

– Mais on verra, dit-il, j'ai toujours la tranche de lard et tout le bois que je veux.

Il y a longtemps que je n'ai pas pensé à ma jolie femelle, se dit-il. Mais je l'ai pas oubliée.

Il s'allongea sur le côté, mit un coude sous sa tête et contempla la mine.

Le soleil avait desséché le sable de la congère. De temps en temps, des grains dévalaient la pente et s'amoncelaient au pied, recouvrant peu à peu le rectangle métallique.

– Je vais arranger ça, dit-il.

Emilio souleva la tête et entreprit de souffler sur les grains de sable : ce qui eut pour effet de faire dévaler davantage de sable de la congère.

Vaut mieux que j'arrête, se dit-il. Mais j'aimerais que le rectangle se voie toujours. Peut-être que je souffle mal.

Il se déplaça lentement autour de la mine pour se placer face à la congère. Alors il souffla, et cette fois les grains de sable refluèrent et grimpèrent sur la congère.

Emilio se redressa, s'assit et déplia ses jambes afin d'encadrer la mine.

Faudrait que je trouve encore quelque chose à dire avant d'aller faire mon feu, pensa-t-il. C'était bien cette histoire de four, mais c'est pas beaucoup.

Je vais trouver autre chose alors, se dit-il.

Et en te rappelant toujours les sentiments ! se prévint-il.

Oui, je vais m'en rappeler.

Si je pouvais parler des poissons-chats ce matin, j'aurais moins de mal, songea-t-il. Et je suis sûr que je ne penserai plus à fabriquer mon feu.

Il estima la hauteur du soleil dans le ciel.

Et si je commençais un peu à en parler ? Se demanda-t-il. Juste un peu, et je pense à m'arrêter avant midi.

C'était tentant. Il se frotta les mains d'impatience et remua les lèvres. Il était tout prêt d'en parler. Les mots allaient sortir d'eux-mêmes tellement il en avait envie. Mais finalement il se retint. Il chercha rapidement un autre sujet que les poissons-chats, et brusquement il dit :

— Mon père travaille dans un garage. Bon carrossier. Refait une voiture comme un rien. On peut pas voir la différence avec une neuve une fois qu'il a terminé. Et pareil, les voisins, toujours à lui demander de jeter un œil sur leur voiture à eux, à le questionner à propos des trous dans leur carrosserie. Comment il ferait, lui, à leur place ? Mais mon père n'a pas le temps de s'occuper des voisins, vu que, derrière le cabanon, il se refait sa propre voiture avec des pièces qu'il récupère.

Il voulut la décrire, lui donner une marque. Mais il réalisa soudain qu'il n'y connaissait rien en voiture. De sorte qu'il dit :

— Je peux pas dire de quelle marque elle sera, cette voiture, vu que les pièces qu'il récupère sont toutes de modèles différents.

Mais il comprit que ces pièces de récupération pouvaient donner l'impression d'une voiture complètement bricolée, si mal foutue à la fin que les voisins s'en étoufferaient de rire. Bref, aussi brinquebalante que la première version du four à pain qu'il avait inventée tout à l'heure. Il trouva une astuce pour s'en sortir :

— Mais il fait exprès, dit-il, l'idée, c'est de prendre ce qui a de meilleur dans chaque voiture.

Emilio hocha la tête avec fierté.

Très fort ce que je viens de trouver là, appréciat-il en lui-même, fallait y penser.

Et il trouva que c'était loin d'être une énormité.

Mais alors pourquoi son père n'y avait pas pensé avant ? se demanda-t-il. Ce qui a de meilleur dans chaque voiture ! Elle était là, la solution. Mais peut-être y avait-il déjà pensé.

Dans ce cas, comment expliquer que le cabanon fût devenu ce débarras, que le plancher se fût autant souillé de graisse noire. Un cimetière de pièces détachées, voilà ce qu'était le cabanon aujourd'hui. Mais peut-être que son père n'avait jamais trouvé ce fameux châssis.

Oui, c'était sans aucun doute pour cela.

Et on peut toujours avoir les meilleures pièces de voitures, se dit-il, à quoi peuvent-elles servir sans châssis ?

Emilio se leva, marcha autour de la mine et, bouclant le dernier tour, sortit par le passage.

Il ne pensait plus à la truite lorsqu'il arriva près de sa boîte de pêche. C'est seulement en apercevant le fil noué à l'anse qu'il s'en souvint. Mais à en juger par la tension de la ligne, il n'y avait rien au bout. Il la remonta quand même.

Quand les vers apparurent, il se demanda s'il laissait la ligne repartir dans le courant. Car s'il prenait une truite après son déjeuner, il ne saurait pas quoi en faire.

Il lâcha la ligne finalement. Il verrait bien. Il déciderait quoi faire de la truite le moment venu.

Il se tourna vers les buissons et les bois morts de l'autre côté de la rivière.

Il y a longtemps que j'attendais ça, se dit-il, songeant au feu qui allait cuire son repas.

Il entra dans l'eau et traversa le courant.

Sur l'autre berge, il s'aperçut qu'il avait oublié de prendre le couteau dans la boîte. Il voulut retraverser la rivière pour le prendre, mais se ravisa. C'était du bois mort qu'il allait chercher. Il n'avait pas besoin de couteau pour ça.

Il fit deux voyages d'une rive à l'autre.

Le premier avec une brassée de branches de buissons. Le second avec les branches de ces arbres morts entraînés jusqu'ici par la rivière. C'est elles qui fourniraient la braise.

Il décida d'allumer son feu tout près de sa boîte de pêche. Il commença par sortir son sac de repas, puis les deux feuilles de papier journal et enfin ses allumettes. Il referma le couvercle de la boîte et s'assit entre elle et ses deux tas de bois.

Il aimait ces moments-là, lorsque tout était fin prêt et qu'il n'avait plus qu'à tendre le bras pour attraper ce dont il avait besoin.

Il froissa le papier journal, le posa entre ses jambes, et se servit en branches de buisson qu'il disposa soigneusement par-dessus. Il craqua une allumette sous le papier. Il s'enflamma et le feu prit très vite.

Emilio patienta un peu, puis alimenta son feu en plus grosses branches. Elles s'enflammèrent à leur tour.

— Voilà, dit-il, je savais que ça marcherait aussi bien. Si j'avais ça au bras mort !

Il se tourna vers la mine.

— J'ai pas tout ce bois au bras mort, cria-t-il.

Mais non, se dit-il, elle peut pas m'entendre vu que je suis en dehors du cercle. C'est ce que j'ai mis au point, toujours.

Il continua à alimenter le feu avec les grosses branches. Et finalement épuisa tout le tas. Il dut se reculer : les flammes lui chauffaient trop les jambes.

Il n'avait plus qu'à attendre que le bois se consume et devienne de la braise. Il se redressa pour prendre son couteau dans la boîte de pêche. Il l'ouvrit et le posa sur le sable. Il tira son sac de repas à lui, l'ouvrit et le déballa entre ses jambes. Son morceau de fromage avait pris l'odeur du lard, parce que sa mère l'avait encore une fois emballé dans la même feuille de papier soufré. Il trouva aussi au fond du sac deux larges tranches de pain et deux pommes.

Il posa le tout sur le couvercle de sa boîte et attendit que son bois se transforme en braise.

Il se sentait bien. Rien que de bonnes choses qui l'attendaient, la tranche de lard frite, et, dans l'après-midi, tout ce qu'il avait à dire sur ses poissons-chats.

Et ma jolie femelle ce soir, se souvint-il brusquement.

Cela faisait en tout trois bonnes choses.

Qu'est-ce que je choisirais entre les trois maintenant, se demanda-t-il.

Non, se dit-il, je peux pas choisir.

Mais si tu devais parce qu'autrement tu n'aurais aucun des trois ? insista-t-il.

C'est difficile, commença-t-il par se répondre, puis il s'arrêta pour réfléchir.

Mais je crois quand même que je choisirais le lard, parce que j'ai faim, se dit-il finalement. Mais une fois que je l'aurais mangé, je regretterais sûrement les deux autres.

Un oiseau vola un instant au-dessus de la rivière.

C'était le premier qu'Emilio voyait aujourd'hui.

9

Le bois de son foyer brûlait vite et le tapis de braise commençait à se former. Mais il restait encore quelques flammes. Emilio prit son couteau, et de la pointe il retourna les bois qui brûlaient encore.

A quoi je pourrais penser en attendant ? se demanda-t-il.

A ce que je vais dire tout à l'heure sur les poissons-chats, se dit-il. Mais c'est déjà tout trouvé. J'aurai qu'à me laisser aller, et ça ira tout seul.

Emilio fixa son attention sur le feu.

Bientôt il n'y eut plus que des braises. Il piqua le lard avec son couteau et le mit à cuire. La viande grésilla. Une fumée blanche et odorante de graisse fondue s'en échappa. Au bout d'une trentaine de secondes, Emilio retourna le lard. Puis il saisit une tranche de pain qu'il garda dans la main jusqu'à la fin de la cuisson.

Il posa le lard sur le pain et se leva.

Il s'éloigna du feu, fit quelques mètres en amont sur la berge et commença à manger.

Il marchait en zigzag tandis qu'il mordait dans le lard et le pain. Ce qu'il mangeait était délicieux et il l'exprimait en marchant de la sorte.

Il fit demi-tour et, zigzaguant toujours, revint vers

sa boîte de pêche. Il avait presque fini le meilleur de son repas. Avant d'atteindre sa boîte, il dévia et marcha vers la mine. Il s'arrêta devant le passage, la bouche pleine de pain et de lard. Il réfléchit un instant, puis il fit un pas un avant et se retrouva à l'intérieur du cercle.

Il avala ce qu'il avait dans la bouche et dit :
— C'est bon. Le lard a cuit sur les braises, c'est la différence.

Il mordit dans son repas avec un sourire.

Mais qu'est-ce que tu racontes avec le lard ? se demanda-t-il.

Par les sentiments, se dit-il, l'oublie pas ! qu'est-ce que tu veux que ça lui fasse le goût de ton lard ? Ça n'a pas vraiment de rapport avec toi. N'importe qui préfère le lard sur la braise que sur les flammes.

Il s'essuya les lèvres et dit :
— Maman fait toujours deux emballages. Un pour le lard et l'autre pour le fromage. Parce qu'autrement le fromage prend le goût du lard. Elle me dit tout le temps : Emilio, en déballant ton repas, fais attention à ne pas faire toucher tes aliments entre eux, sinon t'auras un mauvais goût dans la bouche. Pense toujours à les poser soigneusement sur le couvercle de ta boîte ! Et, au fait, Emilio, pendant que j'y pense, je suis contente que tu aies fabriqué une aussi jolie boîte de pêche.

C'était une vision si belle que les larmes lui brouillèrent les yeux. Il mordit dans son repas et dit :
— Voilà ce que je voulais dire sur maman.

Il sortit du cercle lentement et s'arrêta devant le passage.

Il demeura ainsi sans bouger, tournant le dos à la mine. Puis il s'essuya les yeux et retourna vers sa boîte.

Il s'assit près du feu et termina le pain et le lard. Il prit la seconde tranche de pain et la posa sur les braises. Pendant qu'elle grillait, il gratta le morceau de fromage avec son couteau afin de lui ôter le goût du lard.

Le fromage fondit un peu sur la tranche de pain chaud.

Tandis qu'il mordait dedans, il commença à penser à son retour à la maison, ce soir. Ce serait peut-être plus commode, songea-t-il, de porter la mine dans la boîte de pêche. Elle rentrerait facilement à l'intérieur. Il marcherait sans se presser, et en prenant soin de ne pas trop faire balancer la boîte.

— Et ma femelle ! dit-il soudain. Quand est-ce que je vais la pêcher ? J'ai pas pensé à ça.

Il s'arrêta de manger.

Pour ça faudrait aller au bras mort avec la mine, se dit-il, mais c'est pas une bonne idée. C'est préférable que je rentre directement à la maison une fois que je l'aurai déterrée. Oui, mais alors ma femelle ?

Il envisagea deux possibilités.

Aller au bras mort maintenant, puis attraper la femelle et revenir. Ou bien alors sortir la mine du sable ce soir, et puis aller pêcher la femelle et revenir chercher la mine.

Mais, chaque fois, il manquait de temps s'il voulait rentrer avant la tombée de la nuit.

Je pourrai pas aujourd'hui, finit-il par admettre à contrecœur.

Il n'avait plus envie de manger. Il regardait la tranche de pain dans sa main.

— J'ai plus faim, dit-il.

Il jeta un œil à sa boîte de pêche.

— Bon, dit-il, j'irai demain. Elle passera encore une nuit dans le bras mort, et j'irai la chercher demain.

Il mordit dans son pain, mais recracha aussitôt sa bouchée dans la braise.

— Ça va, dit-il, ne t'inquiète pas, elle sera encore là demain matin. Mais faudrait pas qu'il lui arrive quelque chose entre-temps.

Le pain se calcinait sur les braises. Le fromage, lui, avait déjà fondu.

— Il lui arrivera rien, dit-il.

Il regarda devant lui. Il éprouva soudain un profond sentiment de solitude à cause de la femelle poisson-chat qu'il ne verrait pas aujourd'hui. Il eut soudain besoin d'une présence. Il leva les yeux à hauteur d'homme, les ferma puis les rouvrit aussitôt.

— Assieds-toi, papa, dit-il tout d'un coup, à mi-voix.

Il laissa passer quelques secondes et demanda :

— Une pomme, tu veux une pomme. Oui, je t'en prie, prends-la, papa !

Emilio en prit une sur le couvercle de la boîte et commença à la manger. Elle était un peu granuleuse et manquait de goût.

— C'est bon, n'est-ce pas ? continua-t-il à mi-voix, s'adressant à son père. Je les trouve très bonnes.

Mais il avait toujours la seconde pomme dans son champ de vision, posée là sur le couvercle. Et, par conséquent, la scène n'avait pas de sens, son père ne pouvait pas être en train de la manger. Emilio saisit alors la pomme, la lança à toute volée devant lui. Elle disparut dans la rivière.

Il reprit alors avec conviction :

— Maman a le don de les choisir, les pommes. Tu ne trouves pas ? Est-ce que toi aussi tu t'es toujours demandé comment elle faisait ?

Il imagina son père lui répondre « oui », mais

avouer ensuite qu'il ne savait pas comment sa mère faisait.

Emilio secoua la tête.

— J'en ai pas la moindre idée non plus, lui répondit-il.

Il imagina son père lui dire qu'elle les choisissait probablement par hasard.

Il haussa les épaules.

— Quoi ? Non, moi j'ai pas cette impression, papa. Je crois que ça se peut pas qu'elle les choisisse au hasard.

Il leva les yeux au ciel.

Il imagina son père lui dire que dans ce cas le choix des pommes resterait un mystère.

— Tu as raison, on ne le saura jamais, dit-il en jetant le trognon de sa pomme dans la rivière.

Il prit son couteau, le plia et le rangea dans sa poche.

— Au fait, papa, je pourrais te donner un coup de main pour trouver ce châssis. Faudra qu'on y pense sérieusement.

Il se leva, entra dans l'eau jusqu'aux chevilles et urina dans la rivière. Puis, refermant ses boutons, retourna sur la berge et se dirigea vers la mine.

Il n'entra pas tout de suite dans le cercle. Il en fit le tour plusieurs fois, puis stoppa devant le passage. Un moment, il dansa sur ses jambes, regardant le ciel au-dessus de lui.

Puis il pénétra à l'intérieur et s'assit à la même place que le matin.

Avant de commencer sur les poissons-chats, il désirait mettre un point final à propos de la voiture. Il trouvait que ce serait bien de laisser une bonne impression.

— Je viens de voir papa, dit-il, on s'est arrangés

tous les deux, on va se mettre à chercher un châssis ensemble. Il a déjà bien avancé la voiture, mais la vérité c'est que jusqu'à aujourd'hui il n'avait pas encore trouvé de châssis.

Comme ça c'est bien, pensa-t-il.

Il estima soudain qu'il avait suffisamment de temps devant lui avant la tombée de la nuit. Qu'il pouvait se reposer un moment avant de commencer à parler des poissons-chats. Il dormait toujours un peu quand il pêchait au bras mort. Juste après le repas, il s'allongeait la tête dans l'ombre des joncs.

Mais il n'y avait pas d'ombre ici.

Il ôta sa chemise, s'en couvrit la tête et s'allongea. Le soleil passait à travers le tissu, mais, en fermant les yeux, c'était parfait. Avant de s'endormir, il se déroula le retour à la maison à la tombée de la nuit. Il en fit un triomphe.

Mais, cependant, c'est à la femelle poisson-chat qu'il rêva. Elle nageait à la surface de la rivière, devant sa boîte de pêche, le dos hors de l'eau. Elle faisait des ronds devant lui, et il avait l'impression qu'elle lui demandait de lui caresser le dos. Mais il n'osa pas le faire, de peur qu'elle ne plonge.

Quand il ouvrit les yeux, une heure plus tard, le soleil entra par les minuscules interstices de la trame de sa chemise. Il resta encore un moment allongé. Puis se redressa, la tête toujours enveloppée dans la chemise.

C'est bien comme ça, se dit-il, je vois pas grand-chose et j'ai l'impression de dormir encore.

Il se tourna vers la mine au jugé.

– J'ai rêvé à ma femelle, dit-il, seulement elle était pas au bras mort, mais ici dans la rivière. Je sais pas pourquoi.

Il tira sur sa chemise et s'aperçut alors que la mine

n'était pas du tout où il le pensait, mais bien plus à droite.

– J'ai dû bouger pendant que je dormais, dit-il en se rhabillant.

Il se pencha au-dessus de la mine pour voir si le sable n'était pas revenu sur le rectangle. Il y avait bien quelques grains, mais pas de quoi entreprendre un nettoyage.

– Bon, dit-il en se levant, on va arriver aux poissons-chats, c'est mon domaine ça, mais j'ai soif et je vais commencer par aller boire.

Il se dirigea vers la rivière un peu en amont de l'endroit où il avait uriné tout à l'heure, et il but dans ses mains. Il se mouilla le cou et la nuque. Au bras mort, il le faisait toujours après avoir dormi.

Alors seulement il retourna vers la mine.

10

Une fois qu'il se fut assis dans le sable à côté de la mine, il se remémora ce qu'il lui avait déjà dit à propos des poissons-chats. Il avait un peu parlé du bras mort, mais c'était tout. Assez peu de choses encore, de sorte qu'il pouvait se laisser aller sans réfléchir, sans risque de se répéter.

– Oh, les poissons-chats ! dit-il en levant les yeux au ciel et en remuant les épaules.

Il enserra ses genoux dans ses mains et bascula en arrière jusqu'à ce que son dos touchât le sol. Puis revint en avant, comme une chaise à bascule. Il effectua plusieurs va-et-vient et s'immobilisa, le dos sur le sable, les genoux toujours enserrés dans ses mains, à hauteur de ses yeux.

– Je sais pas par où commencer, avoua-t-il.

Il desserra ses mains et ses pieds tombèrent sur le sol. Il demeura immobile. Puis ferma les yeux pour réfléchir à un début. Mais tous les éléments concrets concernant son histoire avec les poissons-chats s'étaient depuis longtemps fondus en un seul dans son esprit. En un ardent désir de les élever plus tard, d'en posséder des milliers. Jusque-là, il ne s'était encore jamais retourné en arrière pour se souvenir du début de cette histoire. Et même à présent qu'il tentait de s'en souvenir, il n'était pas certain de réussir.

C'est difficile, se dit-il, j'étais un gosse quand j'ai commencé. Je peux pas m'en rappeler.

– Par contre, dit-il à voix haute, il y a quelque chose que je me rappelle, c'est qu'un jour j'en ai attrapé un et que je l'ai gardé dans le bidon toute une nuit avant de le relâcher. J'avais pas encore de bassin à cette époque. Quand j'en pêchais un, je le relâchais tout de suite.

Oui, mais à présent je me souviens très bien pourquoi je l'ai gardé celui-là, pensa-t-il, et je sais pas si je vais le dire.

Mais c'était qu'un truc de gosse, ce que j'avais voulu faire là, continua-t-il à débattre en lui-même, je pourrais plus le faire aujourd'hui.

Il commença à douter.

Non, non, se dit-il, je pourrais plus aujourd'hui, tout ça c'est terminé.

Il bascula en avant, et quand il se retrouva assis, il dit avec sincérité :

– Bon, je voulais avoir un squelette de poisson, je comptais le faire bouillir et lui retirer la chair. Mais je voulais pas le tuer moi-même avant de le faire bouillir. Alors je me suis dit qu'il ne supporterait pas de passer une nuit dans un bidon. J'étais sûr qu'il en crèverait. Seulement le lendemain il était encore vivant et je l'ai relâché dans le bras mort.

Il baissa la tête et, de ses paumes, il aplatit le sable entre ses jambes.

Il prit conscience que s'il voulait donner le meilleur de lui cet après-midi, il valait mieux arrêter avec cette histoire de mort escomptée. Il regrettait un peu d'en avoir parlé à présent, et il décida d'y mettre un terme.

– C'était un truc de gosse, dit-il. J'aurais plus cette idée, aujourd'hui.

Mais tiens, se dit-il soudain, pourquoi je le ferais pas avec la truite. Je crois que j'arriverais à la tuer, elle. Oui, pourquoi pas un squelette de truite ? Je fabriquerais deux petits chevalets et je poserais le squelette dessus.

Mais je dois arrêter de penser à ça, se dit-il, je dois m'occuper de la mine. Faut qu'elle ait tout entendu avant ce soir. Mais en tout cas je garde l'idée de la truite.

Il pivota sur le sable afin d'avoir la mine sous les yeux.

Alors, pour la première fois depuis qu'il avait décidé de la ramener à la maison, il essaya de s'imaginer l'effet de l'explosion si par hasard cela venait à tourner mal.

Il ne savait pas si l'explosion s'accompagnerait de flammes. Mais ce dont il était sûr, c'est qu'elle provoquerait un trou.

D'un mètre sans doute, estima-t-il.

Quant au diamètre, il lui sembla qu'il atteindrait au moins le trait qu'il avait tracé autour de la mine. Alors il eut l'impression pénible, soudain, d'avoir lui-même décidé des limites de l'explosion. Que ce cercle tracé par sa main était en quelque sorte une prémonition.

Alors il s'arrêta tout de suite de s'imaginer l'effet de l'explosion. Mais cette impression pénible continua à lui tarauder l'esprit.

Il décida de dérouler son triomphe pour l'effacer.

Il commença par un élément vrai : tous les soirs son père fumait une cigarette assis sur le seuil de la maison.

La suite était pure invention.

– Bonne journée, garçon, combien que tu en ramènes ce soir ?

– Pas un seul, papa.

— C'est moche, ça.
— Pas trop, papa.
— C'est bien de le prendre comme ça. Allez, fiston, tu te rattraperas demain. Je suis sûr que tu auras plus de chance demain.

Emilio soulevait alors le couvercle de la boîte de pêche. Son père, intrigué, se levait pour regarder à l'intérieur, et il apercevait la mine calée au fond. A cet instant-là commençait une longue minute de silence. C'était le moment qu'Emilio préférait. Dans son esprit, l'essence de son triomphe se trouvait dans cette minute.

Puis Emilio reprenait la parole une fois la minute écoulée. Car il voulait donner malgré tout un peu de matière à la scène.

— Jette ta cigarette, papa, c'est peut-être dangereux.
— Tu as raison, garçon. Et dis-moi maintenant comment tu as fait ça.
— Toute la journée, papa, j'y ai passé toute la journée.
— Bon Dieu, mon garçon, où tu as trouvé la patience d'y passer toute la journée ?
— Je sais pas, papa.
— Alors dis-moi au moins comment que tu as fait.
— Je lui ai parlé.
— Qu'est-ce que tu dis ?
— Je lui ai parlé, papa. Je l'ai prise par les sentiments.
— J'y aurais jamais pensé, fiston, crois-moi, j'y aurais jamais pensé. Mais alors qu'est-ce que tu lui as dit ?
— Je préfère le garder pour moi.
— Comme tu veux, fiston. Alors je comprends maintenant pourquoi tu n'as pas ramené de poissons-chats aujourd'hui.

— J'ai pas eu le temps.
— C'est dommage, ça.
— J'y vais demain matin et je ramène une jolie femelle.
— Bien, bien. Allons nous coucher maintenant !
— Papa !
— Oui, fiston, je t'écoute.
— J'y pense maintenant, pourquoi tu parlerais pas toi aussi à tes pièces détachées dans le cabanon.
— C'est une idée. Je vais y réfléchir, mais je sais pas trop ce que je pourrais leur dire. Alors peut-être que tu pourrais leur parler pour moi.
— Je veux bien essayer.
— Merci, mon garçon. C'est gentil de ta part. Allons nous coucher maintenant.

Ils rentraient tous les deux dans la maison, montaient les escaliers sans faire de bruit et, sur le palier, au moment de se séparer, son père lui disait :
— Dors bien mon garçon.
— Toi aussi, papa.

Son père ouvrait la porte de sa chambre.
— Encore une chose, papa.
— Oui.
— Il y aura du vent cette nuit ?
— Non, je ne crois pas.
— Tant mieux.
— Alors, bonne nuit, mon garçon !
— Bonne nuit !

Emilio s'allongea dans le sable. Puis roula sur le côté et se dressa sur un coude afin d'avoir la mine sous les yeux.

Si je pouvais lui raconter ça à la mine, se dit-il. C'est plein de sentiments là-dedans, mais faudrait déjà que je l'aie déterrée et emmenée à la maison pour pouvoir le raconter. Sinon ça n'aurait pas de sens du tout. Et si je l'ai déjà déterrée, j'ai plus à lui raconter.

Il chercha alors comment il allait poursuivre à propos des poissons-chats. Mais c'était tellement vaste.

Le mieux, pensa-t-il, c'est de reprendre par le début, même si je m'en souviens pas beaucoup.

— Le premier que j'ai pêché, dit-il, c'est une femelle. C'est peut-être pour ça que je les préfère maintenant. Alors j'ai tendance à en pêcher davantage que des mâles. Mais j'ai toujours ce problème pour les faire se reproduire. J'ai pas encore réussi. J'ai jamais vu d'œufs dans mon bassin.

Il s'arrêta et se demanda s'il devait parler de ce moyen qu'il employait pour inciter ses poissons à pondre. Il hésitait à en parler, car c'était davantage un jeu qu'autre chose, il savait très bien que ça ne pouvait pas marcher. Cependant, il aimait beaucoup le faire. Finalement, il se lança avec une pointe de gêne dans la voix :

— Je m'allonge devant le bassin, dit-il. J'aspire de l'air et je mets la bouche sous l'eau. Et alors je dis : pondez ! pondez !

Il s'interrompit et regarda autour de lui en secouant la tête.

— Oui, reprit-il, je dis : pondez ! pondez ! Évidemment, ça fait une drôle de voix sous l'eau, et puis ça fait des bulles. Bien sûr que les poissons n'y comprennent rien du tout. Je le sais bien. Seulement ça me plaît de le faire.

Il continua à propos de la ponte.

— Je fais encore d'autres choses pour les faire se reproduire, dit-il. Des fois j'attrape un mâle, je le sors de l'eau deux, trois secondes et je lui demande ce qu'il attend. Ou alors j'attrape une femelle et je lui pose la question à elle aussi. J'ai sûrement dû le demander à tous les poissons du bassin.

Il se mit à rire soudain.

— C'est drôle, non ? Je leur ai tous demandé de faire ce truc ensemble.

Il rit de plus en plus fort.

Mais arrête ! se dit-il.

Mais comme il n'y arrivait pas, il se leva et sortit du cercle afin de pouvoir rire tranquillement. Il fit quelques pas et, une fois calmé, il retourna s'asseoir à côté de la mine.

— Mais je crois qu'ils pondront lorsque je serai installé au bras mort, dit-il. Là-bas, ils seront chez eux. Parce que je compte m'installer au bras mort un de ces jours. J'aurai un élevage intensif et des clients.

Il dessina le bras mort entre ses jambes. Puis les bassins qu'il allait creuser tout autour, puis le cabanon. En se redressant, il se dit que c'était trop petit et qu'on n'y comprenait pas grand-chose. Et par conséquent il effaça tout et recommença sur une plus grande surface.

Il redessina le bras mort et les bassins, et comme il avait davantage de place à présent, il put tracer les canaux : ceux reliant chaque bassin entre eux, puis les canaux secondaires qui partaient des bassins et qui aboutissaient à l'eau du bras mort.

Il dessina encore le cabanon avec le guichet, et un écriteau avec son nom inscrit à l'intérieur.

— Le cabanon est vert, dit-il, et les bords du guichet sont blancs.

Qu'est-ce que j'oublie ? se demanda-t-il.

— Oui, les lettres de mon nom seront noires, ajouta-t-il.

Là-dessus, il se leva et contempla son élevage.

Il manquait les clients cependant.
Je pourrais les mettre où ? se demanda-t-il.
– Je sais, dit-il tout haut.
Il sortit du cercle, et fit des trous dans le sable, juste avant le passage. Il enfonçait son doigt dans le sol et chaque trou représentait un client. Il en représenta des dizaines attendant devant l'entrée l'heure d'ouverture de l'élevage. Enfin il fit un dernier écriteau à droite de l'entrée, puis inscrivit son nom à l'intérieur et, en dessous, poissons-chats.

Puis soudain il effaça rapidement les trous figurant les clients, retourna à l'intérieur du cercle et les représenta de nouveau dans le sable par des trous. Mais, entre les canaux cette fois, face au bras mort, devant le cabanon et les écriteaux. Un peu partout.

Car l'heure d'ouverture de l'élevage venait de sonner.

Il s'assit de manière à avoir le cabanon entre ses jambes. Il représenta, dans le sable, une longue file de clients devant son guichet.

A présent, sa journée pouvait commencer.

Mais avant il jeta un regard vers la mine.

Je crois que c'est bien, ça, se dit-il, je suis content d'y avoir pensé. J'ai trouvé le meilleur moyen pour parler de mes poissons-chats.

C'est bien de le faire sur le vif, se dit-il, il n'y a rien qui pourrait le remplacer. Il y aura obligatoirement du sentiment.

Il ferma les yeux et se concentra. Il respira profondément, fit craquer ses phalanges, tendit sa nuque en arrière. Puis il rouvrit les yeux et la journée commença.

Il y avait déjà la file devant le guichet. Une vingtaine de trous.

Premiers clients, moment d'exaltation.

Il parla tout haut, et fit aussi les voix des clients.

— Montrez-moi! C'est un mâle. Je vous conseille de mettre un peu de vase au fond de votre bassin, et des plantes d'eau.

— Merci pour le conseil.

— Je vous en prie. Au revoir!

— A vous, madame! Faites attention, ne remplissez pas autant votre seau, vous allez en renverser. La route n'est pas fameuse.

Son système de vente était particulièrement au point. Les gens se servaient et passaient payer au guichet. Un libre-service en quelque sorte, associé à du conseil.

— Deux mâles. Pensez à changer l'eau toutes les deux semaines!

— Oui, j'y penserai. Je voulais vous demander, pourquoi n'ouvrez-vous pas le matin?

— Le matin je m'occupe des bassins, de la ponte et de la nourriture des poissons. Ça demande du temps, vous savez.

— C'est vrai, on ne s'imagine pas.

— Non, on ne s'imagine pas.

Parfois un client avait un problème, il n'arrivait pas à attraper le poisson qu'il avait choisi. Emilio fermait son guichet et allait voir. Le client lui indiquait le bassin en s'excusant de le déranger. Emilio le rassurait.

— Ne vous en faites pas, c'est naturel.

Il attrapait le poisson en question et revenait au cabanon. Le client s'extasiait en sortant son argent.

— Vous avez un bon coup de main.

— C'est vrai. Cela dit, c'est mon travail.

— Vous avez quand même un bon coup de main.

— Merci, monsieur. Alors au suivant! Montrez-moi!

Le client montrait son poisson et demandait :
— Est-ce que c'est bien un mâle que j'ai attrapé ?
— Parfaitement.

Parfois des gosses l'observaient un peu à l'écart. Ils n'osaient pas s'approcher du guichet. Emilio lisait l'admiration dans leur regard. Il sentait bien que les questions leur brûlaient les lèvres. Ils mourraient d'envie de faire comme lui plus tard. Mais se retrouver à la tête d'un élevage pareil leur semblait tout à fait inaccessible.

Au bout d'un moment, Emilio tendit le bras et effaça plusieurs trous représentant les clients. Puisqu'ils s'étaient servis et avaient payé au guichet, leur présence n'avait plus de sens. Il les imagina rentrant chez eux par la route cahoteuse. Mais même après en avoir effacé plusieurs, il restait encore des dizaines de trous.

Il y avait beaucoup de monde aujourd'hui.

Les clients continuèrent à défiler devant le guichet. Emilio empochait l'argent et distribuait les conseils.

Le soleil déclinait dans le ciel. On était au début du printemps et le soir arrivait vite.

Bientôt il ne resta plus que quelques trous dans le sable devant le guichet. Les derniers clients. Il avait effacé tous les autres trous entre les bassins. Les gosses qui le regardaient avec envie cet après-midi étaient rentrés chez eux depuis longtemps.

Emilio s'occupa très vite de ses derniers clients.
— Attention à la route !
— Oui, et merci beaucoup.
— N'oubliez pas la vase !
— On n'oubliera pas.
— Une femelle.
— Vous êtes sûr ?
— Évidemment.

— On voulait un mâle.
— Allez vite le changer, alors !

Il s'occupa des derniers clients, et il ne resta plus qu'un trou finalement.

Emilio en fut ému.

Il réfléchit un instant avant d'ouvrir la bouche. Des clients, il en avait eu des dizaines déjà. Le soir ne tarderait pas et il se sentait fatigué. Il avait envie de terminer d'une manière reposante. Il avait besoin d'intimité après tout le monde qui avait défilé pendant l'après-midi.

Alors il considéra le dernier trou et dit en mimant la surprise :

— C'est toi, papa !
— Alors, fiston, comment ça s'est passé, aujourd'hui ?
— Bien, papa, j'ai eu du monde.
— Oui, j'ai vu ça. Il y a un moment que je suis là. J'ai circulé entre tes bassins. Et j'ai discuté avec tes clients.
— Qu'est-ce qu'ils disaient ?
— Pas mal de choses intéressantes. Beaucoup de compliments.
— C'est vrai ?
— Comme je te le dis, mon garçon.
— Tant mieux, papa.
— Dis-moi, fiston, tu voudrais venir manger à la maison, ce soir ?
— Je voudrais bien, papa, mais j'ai encore du travail aux bassins, et je peux pas partir comme ça.
— Tu as raison, garçon, c'est raisonnable. Mais après j'aimerais que tu viennes manger à la maison. Je crois que ta mère serait contente aussi. Tu sais, elle commence à s'intéresser à tes poissons. L'autre jour elle m'a demandé comment ça se passait ici.

— C'est vrai, ça ?
— Bien sûr que c'est vrai, mon garçon.
— Ça me fait plaisir, papa.
— Alors, on t'attend, ce soir ?
— Oui, je vais venir. Je ferme mon guichet, je fais le tour de mes bassins, je m'occupe de mes poissons, et je vais manger chez vous ce soir. Je serai là dans une heure.
— Ça me fait plaisir, fiston, crois-moi, ça me fait plaisir. A tout à l'heure !
— D'accord, papa.
— Je suis content et je vais demander à ta mère de préparer ce que tu aimes bien.
— Je sais ce que c'est, papa. Alors dis-lui de mettre beaucoup de parmesan dessus.
— Je lui dirai. Elle en mettra beaucoup, crois-moi !

Il ferma les yeux et imagina son père tournant les talons, rassuré qu'il vienne manger ce soir à la maison. Il y avait si longtemps qu'il n'était pas allé manger chez eux. Ensuite il imagina son père remonter la berge, s'éloigner et disparaître au loin.

Alors, seulement, Emilio rouvrit les yeux et se laissa aller sur le dos.

C'était vraiment très bien, se dit-il. Ça s'est bien passé.

C'était la première fois qu'il se voyait pendant si longtemps à la tête de son élevage. En général, il imaginait de courtes scènes avant de s'endormir le soir, et qui ne comportaient habituellement qu'un client ou deux.

11

Il se tordit la nuque pour apercevoir le soleil déclinant et, autour du soleil, le ciel s'approcher du soir.

J'ai pas vu le temps passer, songea-t-il. Ça a été une bonne idée de terminer avec l'invitation à manger. Là, il y avait du sentiment, je crois.

Et j'ai servi combien de clients ? se demanda-t-il ensuite. Sûrement plus d'une cinquantaine.

Il se redressa et éprouva soudain une grande soif.

Il jeta un œil sur le rectangle métallique, se leva et sortit du cercle.

– Je vais aller boire, dit-il en marchant vers la rivière et, quand je reviens, je m'occupe de la mine.

Il s'accroupit au bord de l'eau, à côté de sa boîte de pêche et il plongea ses mains dans le courant. A cette heure-là, l'eau commençait à devenir sombre.

– C'est bientôt le soir, dit-il, et elle a entendu tout ce que j'avais à dire. Et j'ai plus beaucoup de salive, maintenant.

Il but dans ses mains et se mouilla le visage. Puis il se redressa et, après avoir étudié le ciel, il estima qu'il lui restait encore une heure de jour.

J'ai oublié la truite, songea-t-il tout à coup, j'ai pas pensé à elle.

Au premier coup d'œil sur la ligne, il vit que la truite n'avait pas mordu.

Tant mieux, se dit-il, je saurais pas quoi en faire maintenant.

Il remonta la ligne en l'enroulant autour de la planchette. Les deux vers étaient morts, ils pendaient tout flasques à l'hameçon. Il les enleva regardant ailleurs et les jeta dans la rivière. Les vers morts le dégoûtaient. Il n'eut pas envie de se demander qui de l'hameçon ou de la noyade avait causé leur mort.

Il rangea la planchette à sa place au fond de la boîte.

En pliant son sac de repas, il se demanda un court instant où était passée la seconde pomme. Il avait envie de la manger à présent. Il se souvint alors qu'il l'avait jetée dans la rivière pour donner un sens à la présence de son père tout à l'heure.

Il aurait aimé la manger, mais il se dit que dans le fond c'était bien ainsi, car il avait beaucoup aimé cette scène.

J'ai pas pensé à eux non plus, se dit-il en apercevant les vers dans leur trou. J'ai plus pensé à les mouiller.

Ils étaient plein de sable et ne bougeaient plus. Un instant, il lui sembla qu'ils étaient morts eux aussi. Mais, en les mouillant, il s'aperçut qu'ils étaient encore vivants. Il les transvasa dans leur casier, qu'il replaça au fond de la boîte de pêche.

Il avait tout rangé à présent, sauf le bidon. Mais c'était la mine qui prendrait sa place dans la boîte tout à l'heure. Il avait décidé que, pour rentrer à la maison, il tiendrait la boîte de pêche dans une main et le bidon dans l'autre.

Je vais avoir besoin du couteau, se dit-il en l'empoignant dans une main.

Il y eut soudain une brise de vent. Il leva la tête.

Le vent du soir lui fit du bien. Il se frotta le visage et regarda les cendres de son feu à ses pieds.

– J'aimerais bien que quelqu'un arrive maintenant, dit-il, et qu'il me dise de foutre le camp. C'est ce qui pourrait m'arriver de mieux.

Alors je partirais en vitesse, songea-t-il, j'irais au bras mort tout de suite.

– Sauf que tu t'es dit ça toute la journée, et personne n'est encore venu.

Il regarda autour de lui, observa les crêtes et le ciel dans la lumière couchante. Puis, lentement, il se retourna et marcha vers la mine.

12

Arrivé à l'intérieur du cercle, il s'allongea sur le ventre et planta son couteau à côté de lui.

La congère de sable était juste à hauteur de ses yeux et lui cachait une partie du rectangle métallique.

C'est drôle, songea-t-il, mais depuis ce matin j'ai pas réfléchi une seule fois à la façon dont j'allais m'y prendre.

Il décida de commencer par la congère.

Mais avant tout il effaça soigneusement le cercle qu'il avait tracé dans le sable. Il le fit par superstition, parce qu'il avait encore en tête cette impression d'avoir dessiné les contours de l'explosion.

Puis il revint vers la mine, avança sa main et gratta tout doucement à la base de la congère. Le sable s'écroula et, au fur et à mesure, il le ramena vers lui, sous sa poitrine. Il retenait sa main afin d'effectuer ce premier travail le plus lentement possible.

Je suis pas pressé, se dit-il. J'ai une heure devant moi.

Il continua de gratter et de ramener le sable sous sa poitrine et, au bout de quelques minutes, la congère avait disparu.

Il regarda la surface plane.

Je trouve que ça a bien commencé, se dit-il. Tout

se passera bien si je continue à travailler doucement comme ça.

Il posa sa tête sur le sable afin de reposer sa nuque.

Je me débrouille bien, se dit-il. Mais je crois aussi que c'était rien de nettoyer la congère. N'importe qui d'autre que moi s'en serait tiré aussi bien.

Il saisit son couteau dans sa main droite et releva la tête. Le rectangle métallique apparaissait en entier maintenant.

Je vais faire une tranchée tout autour, se dit-il. Et, ensuite, je verrai.

Il s'avança en poussant sur ses jambes pour être bien au-dessus de la mine.

Au premier coup de couteau, la lame s'enfonça de plusieurs centimètres dans le sable et heurta le métal. Emilio lâcha brusquement le couteau, se releva d'un bond et courut se réfugier vers la rivière.

Il s'arrêta au bord de l'eau, le cœur battant et au bout d'un moment se retourna et regarda vers la mine. Puis il s'agenouilla sur la berge et reprit sa respiration.

— Ça va aller, dit-il, c'est rien. Faut seulement creuser une tranchée plus large.

En se relevant il tira ses cheveux en arrière et se frotta les tempes.

— Emilio, dit-il, tu vas y retourner maintenant, et tu vas faire une tranchée plus large, et tu penseras tout le temps qu'elle peut pas sauter avec tout ce qu'elle sait sur toi.

Il se mit à rire avec tristesse.

— C'est des inventions, ça, dit-il.

Il secoua la tête.

— Alors fous le camp d'ici, si c'est des inventions, cria-t-il.

Il tourna son regard vers l'aval de la rivière, en direction du bras mort.

— Oui, va pêcher tout de suite ta femelle, si c'est des inventions, cria-t-il avec désespoir.

Cependant, il marcha vers la mine.

Il s'agenouilla devant elle et dit tout doucement, le cœur battant :

— C'est pas des inventions.

Il saisit son couteau et commença de creuser une nouvelle tranchée autour du rectangle métallique, plus large que la précédente. D'un diamètre d'une cinquantaine de centimètres.

La lame ne rencontra pas d'obstacle cette fois.

Quand il eut atteint la profondeur de la lame, il posa le couteau et continua avec les mains. Bientôt il atteignit la profondeur où le sable commence à être humide.

Ça va comme ça, se dit-il, c'est bien et c'est pas la peine de creuser davantage.

A présent, il devait, avec la pointe de son couteau, faire tomber le sable autour du rectangle métallique dans cette tranchée, et ainsi faire apparaître la mine en entier. Elle se retrouverait alors posée sur le sable et non plus enfouie. Il n'aurait plus qu'à la soulever délicatement et aller la poser dans sa boîte de pêche.

Il s'essuya les paumes sur son pantalon et reprit le couteau en main. Avant de commencer il se pencha en avant, et son visage toucha presque la tranchée. Alors il dit à mi-voix :

— Qu'est-ce qui pourrait arriver à un type épatant comme moi ?

Et encore moins fort :

— Je vais y aller tout doucement. Je gratte autour de toi et puis je te soulève de là, et on va à la maison.

Un murmure à présent :

— Je suis un type épatant. T'oublie pas ça.

Il releva la tête. Ses cheveux collaient à son front. Le soleil était si bas à présent qu'il put le regarder pendant un instant sans avoir mal aux yeux.

J'ai plus beaucoup de temps maintenant, se dit-il.

Il leva le couteau devant lui, passa la lame entre ses doigts, puis, se penchant lentement au-dessus de la mine, il entreprit de faire tomber le sable dans la tranchée.

Le mécanisme de la mine commença d'apparaître sur tout un côté. Il était d'un métal identique à celui du rectangle. Et à peine plus rouillé. Emilio s'arrêta un instant pour souffler. Puis il se déplaça légèrement sur sa droite et reprit son travail de la pointe de son couteau.

Le sable était si sec qu'il tombait facilement. Dès qu'Emilio le touchait avec la lame, il s'écoulait comme de l'eau au fond de la tranchée.

S'il avait plu, se dit Emilio, ça n'aurait pas été aussi bien.

Il se déplaça de nouveau sur sa droite.

Puis se déplaça encore une fois.

Puis une autre.

Tournant lentement autour de la mine, il allait bientôt achevé la première moitié du travail.

A présent, il avait le soleil dans le dos et se retrouvait face à la rivière. Il s'assit dans le sable et se reposa un moment. Il planta le couteau entre ses jambes et fixa son attention sur sa boîte de pêche. La peinture verte fonçait dans la lumière du couchant et il trouva sa boîte magnifique ainsi éclairée.

J'ai bien fait de garder le couvercle pour acheter la même peinture pour le cabanon, se dit-il. Tous les soirs, devant le bras mort, je le verrai aussi magnifique que ma boîte.

Mais, en attendant, se dit-il ensuite en considérant la mine, je dois m'occuper d'elle.

Il s'agenouilla et reprit son travail.

Au début tout se passa bien. Mais lorsque soudain sa lame heurta le métal, la peur affreuse qui l'avait fait courir vers la rivière tout à l'heure l'envahit de nouveau. Il se mit à trembler. Il serra le couteau dans sa main et aussitôt un voile gris se tendit devant ses yeux. Il eut de nouveau l'envie violente de s'en aller en courant.

Emilio, se dit-il, reste-là ! Ça servira à rien de courir vers la rivière. T'as eu de la veine jusqu'à maintenant et tu continueras à en avoir. Alors pense plutôt à autre chose.

Bon, je vais penser à ma jolie femelle tout en travaillant, décida-t-il.

Ensuite il porta la lame à ses lèvres et dit avec douceur :

– Ne touche plus la mine, s'il te plaît.

Puis à son front, et dit :

– Je t'en prie, ma chère petite lame, ne la touche plus jamais.

Là-dessus, il l'embrassa une nouvelle fois et reprit le travail en pensant à la femelle poisson-chat.

Il ne pensa qu'à elle jusqu'à la fin, jusqu'au moment où il boucla le tour de la mine, la découvrant ainsi entièrement du sable.

Il ne pensa qu'à la femelle poisson-chat jusqu'au bout, sauf une fois où il s'adressa à voix haute à la lame de son couteau pour la remercier de ne plus toucher le métal et l'encourager à continuer. Et il lui promit même de l'aiguiser le lendemain si elle l'écoutait.

La mine était complètement dégagée à présent. Elle semblait posée sur un îlot avec, tout autour, le creux de la tranchée.

Faudrait pas, pensa Emilio, qu'elle bascule maintenant.

Il se pencha pour vérifier si elle était bien posée, et si le sable ne s'écroulait pas en dessous d'elle. Mais non, il lui sembla qu'elle était tout à fait bien en équilibre.

Il se redressa et la contempla pendant un long moment.

– Seigneur, dit-il tout à coup avec extase, je l'ai sortie du sable.

Ses épaules et ses bras étaient douloureux d'avoir travaillé si longtemps dans cette position.

Alors il se releva, plia son couteau et le rangea dans sa poche. Pour l'en ressortir aussitôt, l'embrasser sur les deux faces de la lame et le remettre dans sa poche. Puis soudain il se mit à courir vers la rivière. Il dérapa devant sa boîte de pêche et revint en courant vers la mine, la contourna et repartit vers la rivière en zigzaguant. Il s'agenouilla essoufflé sur la berge et but de longues gorgées d'eau.

– Je l'ai sortie du sable, dit-il ensuite d'une voix rentrée.

Il s'essuya la bouche et se releva.

Il adressa un sourire béat au soir qui tombait derrière les crêtes. Là-dessus, il urina dans la rivière en faisant tournoyer son jet.

Je crois que j'ai fait le plus difficile, se dit-il, maintenant, c'est comme si elle était simplement posée par terre.

Il voulut dessiner quelque chose avec son jet. Il choisit une truite, mais son jet se tarit au moment où il commença à la dessiner.

Il se reboutonna, puis s'approcha de la boîte de pêche afin de vérifier que tout était prêt pour recevoir la mine.

Ça devrait aller, pensa-t-il, et j'ai eu de la chance jusqu'à maintenant et j'en aurai encore.

En marchant vers la mine, il sentit une onde de chaleur descendre le long de son dos. Il remua les épaules pour la dissiper, mais elle demeura sur lui.

Après tout, c'est normal que j'aie peur, songea-t-il. C'est pas la première fois.

Il se souvint alors de la peur qu'il avait éprouvée ce jour où il avait vu son bassin pratiquement vide et ses poissons battre l'air avec leurs nageoires. Il se souvenait très bien qu'il avait eu chaud dans le dos également.

Sauf que c'était pas le même genre de peur, pensa-t-il. Ce soir, c'est pour moi que j'ai peur.

Arrête avec ça, se dit-il, tu as chaud dans le dos, et après ?

Arrivé au-dessus de la mine, il se frotta les mains pendant un long moment. Puis il baissa la tête et adressa un sourire amical au rectangle métallique. Et brusquement il se pencha, saisit délicatement la mine à sa base et se redressa avec une lenteur calculée.

La mine n'était pas très lourde et cela l'étonna. Il la portait très facilement.

Il demeura un instant presque immobile.

Seuls ses coudes tremblaient.

Il sentait les grains de sable entre le métal et le bout de ses doigts.

Il murmura à la mine d'une voix nouée :
– Je vais me retourner et on va aller tous les deux tranquillement vers la rivière. Et ça va bien se passer.

Arrête de parler maintenant, se dit-il.

Il cala la mine contre son ventre, se retourna très lentement et commença de marcher vers la rivière.

Il avançait en soulevant chaque pied assez haut pour ne pas trébucher.

A mi-chemin, il s'arrêta soudain et se demanda pourquoi il n'avait pas amené la boîte près de la mine. Il n'arrivait pas à le comprendre.

C'est certain que tout serait déjà fini si j'y avais pensé, se dit-il avec reproche. Et j'aurais pas eu le risque de tomber.

Il reprit sa marche.

Encore quelques mètres et il fut sur la berge, à côté de sa boîte de pêche. Il se cala dans le sable et regarda le ciel.

Il vit des étoiles au-dessus des crêtes.

Il baissa les yeux, vit l'eau noire de la rivière, puis la mine au bout de ses bras, et il ressentit une immense fatigue.

– C'est fini, dit-il alors d'une voix tremblante, c'est fini. T'es là, Emilio.

Il se raffermit la voix :

– T'as fait exactement comme tu l'avais prévu, et maintenant c'est fini. C'est normal que tu sois fatigué.

La boîte de pêche était à sa droite. Il compara rapidement ses dimensions avec celles de la mine. Il ne s'était pas trompé, la mine allait rentrer parfaitement.

C'est comme si je l'avais fabriquée exprès pour elle, pensa-t-il.

Il y avait déjà plusieurs minutes qu'il était là, debout sur la berge, la mine calée contre son ventre, et il se demanda pourquoi il attendait si longtemps avant de la poser au fond de sa boîte de pêche. D'attendre si longtemps malgré le danger d'avoir une mine calée contre son ventre, debout sur la berge d'une rivière à la nuit tombée.

Il réalisa soudain qu'il avait envie d'aller au bras mort, et qu'il n'avait pas encore renoncé à attraper sa jolie femelle.

— Mais, Emilio, dit-il, fallait y aller ce matin. Qu'est-ce qu'il te prend ?

Il leva les yeux au ciel.

— Non, c'est pas drôle, ça.

Mais l'idée d'aller au bras mort maintenant commença de cheminer dans son esprit.

— Je ne suis pas d'accord, dit-il.

Alors la lutte s'engagea entre la femelle poisson-chat et le triomphe devant le seuil de la maison. A un moment, il voulut y mettre un terme en posant la mine dans la boîte de pêche, mais il ne le fit pas.

Il laissa la lutte acharnée se dérouler en lui.

Elle dura un long moment. Elle était âpre et douloureuse.

Pendant tout ce temps, il regarda le ciel, se forçant à croire qu'il ne prenait pas parti.

Mais lorsque la femelle poisson-chat commença à gagner, il serra ses mains contre la mine. C'était difficile d'abandonner si vite le triomphe sur le seuil de la maison.

Soudain il secoua la tête et ses bras commencèrent de se balancer.

— Oh non ! dit-il soudain.

Mais ses bras avaient pris leur élan.

Brusquement il desserra les doigts et lança la mine. Elle effectua une courbe dans l'air, toucha la surface du courant, et une couronne d'eau s'éleva autour de l'impact.

La couronne retomba en grosses gouttes, et quelques secondes après la mine se posa lentement sur le lit de la rivière.

Emilio tenta de l'apercevoir, posée sur le fond, mais il faisait nuit à présent et l'eau était trop sombre.

Il resta un long moment immobile, les bras le long du corps, incapable de bouger.

Quand il le put à nouveau, il se retourna vers le trou qu'il avait creusé dans le sable. Puis de nouveau considéra la surface noire de la rivière.

Toute la journée pour lui faire parcourir dix mètres, songea-t-il. C'est pas beaucoup dix mètres.

Tu es fatigué, Emilio, se dit-il.

Il sanglota un peu.

Arrête, se dit-il, et pense à la femelle à présent.

Mon Dieu, comme j'y pense, se dit-il, mais j'ai aussi le droit de penser que c'est pas beaucoup dix mètres.

– Emilio, dit-il, faut te dépêcher, maintenant. Si tu vas pas plus vite, la jolie pourrait bien dormir au fond quand tu arriveras au bras mort. Et tu l'auras pas ce soir.

Il rangea son bidon dans sa boîte de pêche.

Il referma le couvercle, saisit l'anse et commença à s'éloigner vers l'aval en parlant tout haut à la femelle poisson-chat. Il lui demandait de ne pas s'endormir tout de suite.

Il s'éloignait en courant à moitié à présent, soulevant des arcs de sable avec ses chaussures.

Sa boîte de pêche cognait à ses jambes.

Tous deux diminuaient sous le ciel étoilé.

Il allait de plus en plus vite en direction du bras mort, courant sur la berge de la rivière et, bientôt, il atteignit, puis dépassa la vitesse du courant.

Il parlait toujours à la femelle poisson-chat. Seulement, on ne comprenait plus ce qu'il lui disait, il était trop loin à présent.

Sa silhouette et celle de la boîte se fondirent bientôt en une seule. Forme étrange secouée par la course d'Emilio.

Puis sa voix diminua, diminua, devint un murmure et, au moment où la nuit enveloppait la silhouette brinquebalante, à ce moment-là, la voix s'évanouit.

Biographie

Hubert Mingarelli est né en 1956. Après des études chaotiques et écourtées, il s'engage dans la Marine pour trois années. L'armée, pas davantage que le lycée, ne l'a séduit.

Suivent alors les années d'errance en Europe : une guitare pour gagner sa vie et tous les petits boulots possibles.

Hubert Mingarelli, « assagi », découvre qu'il n'a qu'une seule passion : l'écriture. Il écrit dans un petit hameau de montagne, du côté de Grenoble.

Ses premiers romans sont immédiatement remarqués.

Bibliographie

Le Secret du funambule, 1989, Milan.
Le Bruit du vent, coll. Page blanche, Gallimard, 1991.
La Lumière volée, coll. Page blanche, Gallimard, 1993.
Le Jour de la cavalerie, Seuil, 1995.
(Prix Brive-Montréal 12/17)
L'Arbre, Seuil, 1996.

RÉALISATION : PAO ÉDITIONS DU SEUIL
IMPRESSION : NORMANDIE ROTO IMPRESSION S. A. À LONRAI
DÉPÔT LÉGAL : SEPTEMBRE 1998. N° 32359 (98-1942)